中得一美

嫁の家出

実業之日本社

実業之日本社文庫

目次

序章　流鏑馬《やぶさめ》の君

「もう店は開いているかい」

ふいに声をかけられ、丁稚《でっち》は驚いて顔を上げた。

いつの間に現れたのか、目の前には紅色の風呂敷包みを抱えた、浅黒い顔の小女《こおんな》が立っていた。

ここは日本橋駿河町《するがちょう》にある越後屋《えちごや》の店先。季節は立春を過ぎたばかりで、まだ吐く息も白い朝のこと。開店時刻の五つ（午前八時）をとうに過ぎてはいたが、ようやく昇ったお日様が凍った地面を溶かしはじめ、路地には人もおらず閑散としていた。

さっきから、かじかんだ指を物ともせずに箒《ほうき》を動かしていた小僧は、急いで身を起こすと、「へえ、やっております」と頭を下げた。

ほっとして後ろを振り返った女は、「お嬢様、大丈夫だそうです」と声をかけた。

すると、今まで背中に隠れていた、もうひとつの影がさやさやと動いた。

その姿を見た瞬間、丁稚の口はあんぐりと開いた。そして、みるみるうちに顔が真っ赤に染まっていく。慌てふためいて店のほうへと振り向くと、「お、お客様がお見えでございます！」思わず大声になっていた。

朝靄《あさもや》の中に現れた朝一番の客は、まるで開きかけた牡丹《ぼたん》の花のようで、辺りの空気がいっぺんに華やぐのだった。

早速、番頭が店の奥から出てきて「いらっしゃいませ」と丁重に出迎えた。だが下女に伴われ、暖簾《のれん》をくぐって入ってきた客を見て、番頭もまた我と我が目を疑った。

それもそのはず、こんな時間に若い娘が、しかも仕立てのよい振り袖姿の武家の娘が、来ること自体珍しかったからだ。

娘は年の頃、十八、九。

艶《つや》やかな黒髪をキリリと燈籠鬢《とうろうびん》に結い上げ、桜色した珊瑚《さんご》の玉簪《たまかんざし》を挿していた。古い物だが織りにこだわった白綸子《しろりんず》の着物には、小花模様の刺繍《ししゅう》があしらわれ、その上から締められた昼夜帯《ちゅうやおび》は、表が黒繻子《くろじゅず》、裏地は蘇芳《すおう》の鮮やかな二色遣いだった。

しかし、この娘を際立たせていたものは、華麗な衣装などではなく、好奇心いっぱいの活《い》き活きとした黒目がちな瞳と、薄《う》っすら上気した柔らかそうな頬《ほお》だった。それが娘の華奢《きゃしゃ》で可憐《かれん》な顔立ちを、いっそう美しく見せていた。

けれど、番頭はじきにこの娘に興味を失った。

というのも、娘は彼の勧める反物や布に全く関心を示さず、どこか上の空で「ええ」とか「まあ」などと、曖昧《あいまい》な返事しか寄越さなかったからだ。

「なんでぃ、冷やかしかい」

そう察した番頭は、お茶を淹れてきた小僧に向かって、「万引きだけには気をつけろ」と耳打ちすると、ちょうど店に入《い》ってきた客を相手に商売をはじめた。

番頭がよそへ行ってくれたお陰で安心したのか、娘は反物を手に取りながら、そっと供の下女を見やる。下女は娘よりも、一つか二つ年下のようだが、さっきから店の入口で、表ばかりを熱心に眺めていた。

通りの向こうには、日本橋が見えた。

今や陽が昇ってきたこともあり、大勢の人々が行き交っている。

通行人は言うに及ばず、橋の隅にざるを置いて野菜を並べる小商いの者、大きな風呂敷包みや箱を担いで歩く商人たち。親子連れらしい白装束の巡礼者。息を合わせて走る駕籠《かご》かきに、米俵をたんと積み上げやって来る大八車など。

その中に、出仕途上と思われる武士たちの姿もちらほら見えはじめた。固唾《かたず》を吞《の》んで窺《うかが》っていた小女だが、突然「あっ！」と短く叫ぶと、娘のほうへ振り返った。それを合図に、まるで弾《はじ》かれたように、娘は入口へと走り出た。

そうして、大きくひとつ息をつくと、観念したように暖簾をそっと持ち上げた。

橋の上では、町人たちに交じって、供を連れたひとりの若侍が歩いてくるところだった。月代《さかやき》の青々とした額が、人々の頭の隙間《すきま》から見え隠れしていたのが、やがて人波が引いて全身が現れた。

とたんに娘の顔色が変わった。

侍は一目で上等だと分かる小袖を着ていた。真っ白な足袋《たび》に雪駄《せった》を履き、着物の袂《たもと》に両手を差し入れ、悠然と歩いてくるその様には、怖い物など何もないといった不遜《ふそん》さまでが窺えた。けれどそんな態度とは裏腹に、若侍の顔はきめ細やかな色白で細面。形のよい三日月眉《みかづきまゆ》に切れ長の目が涼し気で、見ようによっては、女性的にも感じられるのだ。

ただし、その唇だけは真一文字に引き結ばれており、それはこの男が一筋縄ではいかない、強固な意志の持ち主であることを示していた。娘は息を潜めながら、侍の顔《かお》貌《かたち》、佇《たたず》まい、持物に至るまで、全てを漏らすまいと凝視した。

自分をそんな風に熱く見つめる眼があることなど露知らず、若者は娘の前を通り過ぎると常盤橋《ときわばし》のほうへ進んでゆく。微《かす》かにチャラチャラという音が響いた。見ると男の雪駄の皮底には「後がね」がついており、それが軽い音を立てているのだった。

娘は若侍の後ろ姿を、しばし呆然《ぼうぜん》として見つめた。そうして、なんて生意気な！

と訳もなく憤っていた。彼女の周りでは、そんな気取った雪駄を履く者など皆無だった。それに、あの贅《ぜい》を尽くした小袖……。

けれど気持ちとは裏腹に、いつしか目の前には片側の口の端だけが上がった、向こう気の強そうな男の唇が甦《よみがえ》ってくる。

娘は慌てて首を振り、頭の中の幻を追い払おうとした。

すると、どこからともなく馬のいななく声が聞こえてきた。やがてその音はだんだん近づくと、大音量と共に娘の側《そば》を駆け抜けていった。

その時、ヒュン！　矢の放たれる乾いた音がして、

「あっ！」

娘は思わず自分の胸を押さえて、よろよろと二、三歩後ろへ下がった。

それは、心臓が矢で射抜かれた瞬間で――

娘は恋に落ちていた。

第一章　女はソレを望んでいない!?

妻たちの憂鬱

えー桜草や桜草ー。

自室の居間で、火鉢の中の埋《うず》み火を物憂げにかき混ぜていた品《しな》は、塀の外から聞こえてくる間延びした声に、「ああ、また春がやってきたのか……」と陰鬱《いんうつ》な気分になった。

それは毎年この季節になると、品の住む八丁堀の組屋敷にも現れる桜草売りの声だった。といっても、老爺《ろうや》が持ってくるのは、戸田《とだ》河原辺りに自生していたのを、瓦鉢《かわらばち》に植え替えただけの代物で見栄《みば》は良くなかった。

それでも、たわわに咲いた薄紅色の小さな花が、天秤棒《てんびんぼう》に担がれてゆらゆらと揺れる様には風情があり、女の子がいる家庭では春の訪れと共に、一つ二つと買い求めるのだ。

品も昔は、娘の凜《りん》にせがまれるまま買い与えたが、娘が育ってしまった今では、そんな行事にすらとんと縁がなくなっていた。それでなくとも今年はいつになく、こうした春の呼び声も、何だか迷惑なような、面倒臭いような、どことなく投げやりな気持ちになるのだった。

閉め切った障子の外からは、柔らかな朝の光が射《さ》し込んでいた。しかし風は強いようで、庭に植えてある梅の木の枝影が、ちらちらと揺れていた。

ふぅーっ。

いつしか品は溜息《ためいき》をついていた。最近こんな風に溜息をつくことが多くなった。そろそろ障子を開け放ち、部屋の空気を入れ換えなければいけないが、なかなか腰が重くて動けない。立とうか、どうしようかと逡巡《しゅんじゅん》しながら、品はさっきからずっと、火箸《ひばし》を使って炭を突っついているだけなのだ。

品は憂鬱だった。

だが、決して暮らし向きに不自由しているという訳ではなかった。

夫の間壁三左衛門《まかべさんざえもん》は、北町奉行所に勤める吟味方与力《ぎんみかたよりき》で、禄高二百石の御家人。お奉行様の覚えめでたく、勤めには何の支障もなかった。むしろ、昨今の懐事情の悪くなった御家人たちと比べると、間壁家には余裕があるくらいだった。

「だけどねえ……」

品は相変わらず、火鉢のふちに頬杖《ほおづえ》を突いたままの恰好《かっこう》で、
ウチの旦那様の、アレさえなければねぇ……と再び溜息をつくのだった。

「奥様、奥様はいらっしゃいますかーッ！」

突然、けたたましい声がしたかと思うと、廊下をドスドス歩く音がした。「お待ちくださいー」慌てて制止するのは、下女のお熊《くま》の声だ。

それを聞きつけると、品は大急ぎで残り火を灰の中へ押し込み、さっと体を起こして、武家の奥方よろしくきちんと居住まいを正した。

品が座り直したとたん、勢いよく襖《ふすま》が開き、そこには髪も乱れたただならぬ様子の女が立っていた。

「おや、おハツさん。何事ですか」

何食わぬ顔で品が尋ねると、おハツと呼ばれた女の顔が見る見るうちに歪《ゆが》んだ。

「奥様……。また、ウチの亭主が、亭主が――」

あとは言葉にならず、おハツは泣き崩れた。横合いから、

「どうしても奥様に、お目にかかりたいとおっしゃいまして」と、お熊が困ったように頭を下げた。

品は鷹揚《おうよう》にうなずきながら立ち上がると、おハツの肩を優しく抱いて、「お茶をこれへ」とお熊に言いつけた。

ひとしきり泣いた後、ようやく落ち着きを取り戻したのか、おハツはポツリポツリと喋《しゃべ》りはじめた。

「どうやら、ウチの亭主が」

「うん」

「ウチの亭主が」

「うん、うん」

「また吉原へ通っているようなんです！」

最後には悔しさが甦ったのか、声が裏返しになってしまった。

「ええ、奴《やつ》は隠していますがね。あたしゃ知っているんです。証拠も摑《つか》んでいるんです！」

「まあ、それは」

品は驚いた顔をするが、内心では、またか！　とうんざりしていた。

おハツの亭主千吉《せんきち》は、常盤橋から両国広小路《ひろこうじ》に抜ける本町四丁目に店を構える、老舗《しにせ》下駄《げた》屋「桧屋半兵衛《ひのきやはんべえ》」の三代目。若い頃から遊女屋通いの常連で、散々親を泣かせてきた。そこへ先代が見込んだ同じ商売人の娘、おハツが嫁に来ることになったのだが、所帯を持ったからといって、身についた悪癖がそうそうおさまるものでもなく、両親や嫁に泣きつかれては、少し商売に励んだかと思うと、またぞろ店の金を持ち出す。その繰り返しだった。

それでもおハツは出来た女房で、店の切り盛りから家内のことまで、ひとりで何でも取り仕切り、千吉が采配《さいはい》を振るうよりもかえって、この下駄屋の名は、広く世間に知れ渡ったくらいだった。

しかし、亭主が女遊びをするのも無理はなかろうと、品はひそかに思っていた。

おハツは、まだ四十そこそこだというのに、髪にはとっくに白い物が混じり、着物の襟《えり》は垢《あか》じみて、化粧っ気のない顔にはいつの間にやらシミやら皺《しわ》が浮き出して、この女を年よりもいっそう老けて見せるのだ。

そして、品が決定的だと思うのは、おハツの声だった。

長年商売で鍛え上げた声は、ものの見事に潰《つぶ》れており、ガラガラ声を痛々しいほど張り上げるので、それを聞くたびに品は、お寺の鐘の中に頭を突っ込んだような気分になるのだった。

おハツには、なにかしっとりとした女らしさとか、優しさ、可愛《かわい》げ、などといったものが欠落していた。

商売も上手《うま》くいき、お金に困っている様子もないおハツが、着物一つ新調せずに自分の身を構わずにいるのは、どうしてなのだろうと品は時々考えた。それはおそらく、亭主に対する当てつけなのだろうと、品は睨《にら》んでいた。

こんな風に苦労している私を見て！　あんたのせいで、私はこんなになっちゃったのよ、という女房からの無言の圧力に他《ほか》ならない。

これではさすがの千吉も、帰る気になどならないだろう。

泣きじゃくりながら、クシャクシャになった使い古しの懐紙を取り出し、人目も憚《はば》らず大きな音を立てて洟《はな》をかむおハツを見ながら、品は心の中で、千吉への同情を大いに寄せるのだった。


「それで今度はどんな女なの」

頃合いを見計らって、品は尋ねた。

この間までは、婀娜《あだ》な年増《としま》女郎に入れあげていたのだが。

「それが品様、聞いてくださいよ。今度のは、水揚げしたばかりの若い妓《こ》で、名前は玉菊。上州訛《なま》りがあるそうで」

待ってました、とばかりに、おハツは堰《せき》を切ったようにまくし立てた。

「いやね、あいつは白を切っていますけど、あたしは知っているんですよ。あんの馬鹿亭主、今度は本気みたいで、落籍《ひか》して妾《めかけ》にしたい、なんて周りに言いふらしているらしくてね」

と忌々《いまいま》しげに吐き出した。

「ええもう、あたしゃ怒りましたとも！　今度こそ本気でね。冗談じゃないよッ、あんた一体どういうつもりなんだいって。店潰して女房泣かせて、ご先祖様の顔にも泥を塗るつもりかい！　ってね」

息継ぎしながら、

「そうしたら、どこにそんな浮気の証拠があるんだよ、とこうですよ。おまけに、亭主をそんなに信じられないのかよ、って言うんですよ」

最後には同意を求めるように、目ん玉ひん剝《む》いて、おハツは品を見つめた。

「それじゃあ、信じられるようなことを、今までに一度だってしてくれたことがあったのかい、ってんだい！　えっ？　一度だってね、ないじゃない！　あたしゃもう、情けないやら悔しいやらで」

いつ果てるともない、おハツの話を黙って聞いていた品だったが、ほとほと嫌気が差してきた。この女の愚痴を聞くのは、もう何度目だろうか。似たような話を、これまでも数えきれないほど聞かされてきた。だから空でも言えるくらいだ。

えーっと、この次は、亭主へ宛《あ》てた女郎の手紙を盗み読んだおハツが、千吉に詰め寄ると、逆に、「人の手紙を、なに勝手に読んでやがんでぃ」と頬を叩《はた》かれるんだっけ。

品が物思いに耽《ふけ》っている間にも、おハツの口調はどんどん熱くなっていく。

「そうしたらあの男、このあたしの頬を、いきなりパーンと張り飛ばしたんですよッ！」

こうですよ、と身振り手振りで叩く真似《まね》をした。

「自分が悪いくせに、このあたしのほっぺたを」

おハツの体は怒りで震え、あちこちから湯気が立ち上ってくるようだった。

ほうら、やっぱりね、と、品はひとりほくそ笑む。

そして、顔を赤黒くして怒っているおハツには悪いが、浮気癖のなおらない亭主に、毎度毎度、同じやり方で責めても無駄だわよ、と思った。

私ならどうするか。

私なら……。

品が考え込んでいると、

「こちら様が羨《うらや》ましい」

ふいにおハツが言った。

「え」

品は思わず聞き返した。

「こちらの旦那様、三左衛門様が羨ましいと言ったんですよ。だって、旦那様が浮気なんてこと、一度もありませんでしょう」

「まあ、そうね」

品は曖昧にうなずいた。

「どうしたら、お品様たちのように、夫婦円満になれるのでしょうか」

そう言うと、おハツは絶望したように深い溜息をつくのだった。

しばらく黙っていた品だが、どうしたことか急にむらむらっと怒りが込み上げてきた。やがてその行き場のない怒りは、無性にこの女に意地悪なことを言ってやりたくなったのだ。

品はおハツに向き直ると、ニッと笑った。

「ねぇ、おハツさん、あなたに夫婦和合のコツを、教えて差し上げましょうか」

おハツの目がキラリと光った。

「はい、ぜひ、ぜひに、お願いいたします！　そんな方法があるのなら、試してみたいです」

案の定、おハツは食いついてきて、品のほうへとにじり寄った。

品も顔を近づけて囁《ささや》いた。

「夫婦和合のコツは、たった二つの言葉をつかうだけで良いのです」

「そ、それはどのようなことで」

ごくりとおハツの喉《のど》が鳴る。

品は微笑《ほほえ》みを絶やさずに言った。

「それは、ご主人に何を言われても〝ごめんなさい〟、〝ありがとう〟と返すのです」

それを聞いたとたん、ハァーッとおハツの全身からは、力が抜けていくようだった。

小狡《こずる》そうに光る目の中には、疑わしそうな眼差しまでが浮かんでいる。

品はそれにはかまわず続けた。

「いいですか、おハツさん。たとえご亭主が、道理に合わないことをしたとしても、文句を言わずに、ただただ感謝の気持ちを表すのです。〝ありがとう〟と」

今やおハツの顔には、何を言っているのだこの女は、という表情がありありと見て取れた。すでに侮蔑《ぶべつ》の色さえ隠そうとはしなかった。

「そして、自分に至らぬところがあるならば、素直に〝ごめんなさい〟と謝りましょう。たったこれだけです。たったこれだけのことを一週間やり続けてごらんなさい。千吉殿は驚いて、すぐにあなたのもとへ帰ってきますよ」

啞然《あぜん》として品を見つめていたおハツだったが、やがておずおずと口を開いた。

「でもお言葉ですが、お品様」

「それです！　おハツさん」

間髪を容《い》れずに品が叫んだ。

「その口答えがいけないのです！」

品の強い口調に気圧《けお》されて、おハツは口を噤《つぐ》んだ。しかし、目だけは何か言いたげに、きょときょとと揺れ動いている。

そんなおハツの様子に、品は思わず相好を崩して、

「ねぇ、おハツさん。ご亭主が浮気していてもいいじゃないですか。家に帰って来るだけで、ありがたいって思わなければ。そして、いつもにこにこ笑顔を作って〝ありがとう〟って言ってごらんなさい。今まで喧嘩《けんか》ばかりして〝ごめんなさい〟って。そうしたらあなた、ご主人はすぐに吉原なんて行かなくなりますよ」

「はあ……」

何やら気のない返事をしていたおハツだったが、しばらくすると合点したのか、

「さすが奥様」と膝《ひざ》を打った。そして感心したように、

「こんなにも良く出来たお方だから、三左衛門様は毎日決まった時刻に帰ってこられるのですね」

と何度もうなずくのだった。

品はそれには答えず、曖昧な笑みを浮かべた。

「分かりました。あたしも早速やってみます」

おハツはキラキラした目で品を見つめていたが、やがて安心したのか、大きく伸びをすると、

「あー！　今日は思い切って、お品様に相談してみて良かったわ」

などと晴れ晴れした笑顔を見せるのだった。


「亭主の浮気がなんだ！」

玄関先でおハツを見送りながら、品はひとりつぶやいた。

いつの間にか愛想笑いが消えて、眉間《みけん》には皺が寄っている。

おハツにはああ言ったが、瑣末《さまつ》なことで悩んでいる下駄屋の女房が、むしろ品には羨ましかった。

有り余る性欲を他の女に振り分けるなんて、けっこうなことではないか。一体、おハツは何が不満だと言うのだ！

品は無性に腹が立ってきた。

いい年こいて、あの女好きの助平衛《すけべえ》亭主とまだしたいのか、ええッ？

最後は喧嘩腰にまでなってしまった。

軽く疲れを覚えながら、品はぼんやり空を見上げた。

昼過ぎだというのに、いまだ陽《ひ》は射《さ》さず、冷たい風が吹き抜けていく。品は思わず首をすくめた。

私など、毎晩毎晩、断るのが大変だと言うのに――。

気がつくと品は唇を嚙《か》んでいた。

そう、品の悩みは、夫、三左衛門の夜の営みが強いこと、激しいことなのだ。それを心底疎ましく思っているのに、夫になかなか分かってもらえないことだった。

門を出るまでの間、何度も振り返りながら、頭を下げて小さくなっていくおハツの背を眺めつつ、「ウチの旦那様も、アレさえなければねえ……」と品は思いっきり大きな溜息をつくのだった。

女はアレが好きではない!?

夫の三左衛門は、とうに五十は越えているが、若い時と変わらずに、否、むしろ昔よりも元気なくらいで、品に夜の相手を求めてくるのだ。

品自身も今年で五十歳になり、どうにもアレが嫌で嫌でたまらなくなっていた。なぜ男はいつまで経《た》ってもアレをしたがるのか……。

品にはそれが不思議でならなかった。

ふたりの間には、娘と息子がひとりずついた。

娘の凜は、旗本大番組《おおばんぐみ》に仕える大林千紘《おおばやしちひろ》のもとにすでに嫁いでいた。大番は将軍直属の軍団で、主に江戸城本丸やお世継ぎのいる西の丸の警護にあたっていた。彼らはまた、三年に一度、京都二条城や大坂城の警護をするために、上方《かみがた》へ上らなければならなかった。婿の千紘はただいまその上方在番で、単身赴任中。

それをいいことに、凜はしょっちゅう三歳になる孫娘の成子《なりこ》を連れて、実家へ遊びにきているのだった。

そして、一人息子の新之助《しんのすけ》はといえば、本来ならば父親の後を継ぎ、そろそろ見習いとして奉行所勤めをはじめてもいい頃なのだが……。品は新之助のことを思うと、何とも歯がゆくて仕方がなかった。

与力とは本来、抱席《かかえせき》で一代限りのご奉公だが、実際は世襲制だった。したがって与力の息子は十三、四歳になると、奉行所の仕事を覚えるために見習いへ出るのが普通なのだが、新之助は二十歳を越えても一向に腰を上げようとはしないのだ。

それはひとえに、いつまで経っても現役気分で、隠居を考えない父親に遠慮しているせいなのかもしれなかったが……。

だが、それならそれで、いつ勤めに出てもいいように、空いた時間を学問や剣術の稽古《けいこ》に勤《いそ》しめばよいものを、新之助はそれすらしないばかりか、日がな一日ぷらぷらと町医者東榕庵《あずまようあん》のもとで、なにやら怪しげな薬を作っているのだ。

榕庵は漢方医だった。三左衛門とは子供の頃、同じ手習いの師匠に学んだ仲だとかで、家族ぐるみの付き合いなのだが、品はどうもこの男のことが好きになれなかった。

榕庵は、好色そうに目尻の下がった、ひょろりと背の高い痩《や》せぎすの男で、薄い唇の下にはこれまた薄い顎鬚《あごひげ》がちょぼちょぼと垂れ下がり、それが鼠《ねずみ》のように尖《とが》った顎先と相まって、貧相な顔付きをよりいっそう貧弱に見せるのだ。

何をするにも腰が引け、へつらうような上目遣いで、「いやあ、これは奥様」と作り笑いを浮かべるので、それを見るたびに品は首筋から背中にかけてぞわぞわと虫唾《むしず》が走った。

けれど新之助は、榕庵のことを「先生、先生」と慕っており、それがまた品にとっては、何とも腹立だしかった。

「なんであんな男のもとに……」

品は新之助が、榕庵の所へ足繁く通うのも、決して快く思ってはいないのだ。

一度品は、息子に尋ねてみたことがあった。

いったい榕庵の東屋《あずまや》で何をしているのかと。何か危険なことにでも従事しているのではないかと。

縁側に腰掛け、足をぶらぶらさせていた新之助は、それを聞くと笑い飛ばした。そうして、しばらく思案していたが、やがて真顔になると、

「母上は、怖くはないのですか、お年を召されることが」と聞いてきた。

「えっ」

質問があまりに唐突だったので、品は一瞬、言葉に詰まった。けれど、新之助は、

「私は怖いのです、年を取ることが。怖くて、たまらないのです」

そう言って、神経質そうにうつむくのだった。

新之助が語るには、幼い頃、夜中にふと目が覚めたことがあったそうだ。辺りは真っ暗でシンと静まり返り、聞こえてくるのは自分の息遣いくらいで……。そんな中、ひとりぼっちで寝ていると、急に恐ろしさがこみあげてきたという。

「私は、このまま死んでしまうのではないか、そして死んでしまったら、一体どうなってしまうのか。そう考えると、恐ろしくて、恐ろしくて……たまらなくなったのです！」

品は何も言えずに、ただ息子の横顔を見つめるしかなかった。

たしかに新之助は、幼い頃から線の細いところがあった。体も弱く、夜中になると

よく熱を出したものだ。

学問が出来るようになると、父親から与えられた木刀で、毎朝素振りをするようにと命ぜられたが、起きると決まって咳《せき》が出て、三日と続けられなかった。かえって姉の凜のほうが嬉々《きき》として、毎朝庭の松の木相手に、打ち込みの練習をしていたくらいだった。

そんな新之助が、子供心に大きな不安を抱えて生きていたとは、品は今更ながらに驚いた。私は、なんという愚かな母親だったのだろうか。この子の気持ちにも気づいてやれなかったなんて……。品がそう後悔しはじめた矢先、

「だから私は、不老不死の薬を作ろうと決めたのです」

顔を上げた新之助が、明るく言い放った。

不老不死？

突拍子もない言葉に、品はぽかんとした。

何を言っているのだ、新之助は……。

「そうしたら、死なないでしょう。年を取ることもないし、いつまでも若くいられるし」

新之助は笑顔になった。それは特に、ふざけているという訳でもなさそうで……。

そのことに逆に品は戸惑ってしまった。

なんと、新之助は本気でそう信じているのか！

品は呆気《あっけ》にとられた。

新之助は、品の顔をじっと見て指差した。

「例えば最近、目立ってきた母上のその小皺とか」

品は驚いて、目尻を押さえる。

「その白髪とか」

品は慌てて鬢を押さえた。

「もし不老不死の薬が完成すれば、なくなるんですよ。だって、年を取らないんですから。いつまで経っても若いままなんですから。どうです、素晴らしいでしょう」

品は黙って聞いていた。もはやかける言葉など何一つ見つからなかった。

「私がそれを完成させたら、母上だって誇らしいでしょう！　嬉《うれ》しいでしょう！」

新之助は、感極まったように「ああ！」と叫んで立ち上がり、天を仰ぐのだった。

天敵！　榕庵

おハツが帰った後、いつの間にか、品は火鉢の前でうたた寝をしていたらしい。

「母上、母上」と呼ぶ声で目が覚めた。気がつくと目の前に新之助が立っていた。

「ああ、お帰り」

品は寝ぼけ眼《まなこ》のまま、顔を上げた。

新之助は夫の若い頃に似て、上背もあり美丈夫だったが、いかんせん目が悪く、黒縁の大きな眼鏡をかけていた。それが息子を不細工に見せて、母親としては少々残念なのだった。

新之助は、品の顔をまじまじと見ながら、心配そうに尋ねた。

「母上、随分お疲れのようですね」

「大丈夫よ、ありがとう」

品はぼおっとした頭で答えるが、一体誰が疲れさせているのよ、と心の中で毒づいた。品にとって、いつまでも勤めに出ない息子は悩みのタネだが、新之助はそんな母の思いなどお構いなしに、

「そうそう、ちょうど榕庵先生の所からいただいた、良いものがございますよ」

そう言って懐から紙に包んだ、何やら木の根のようなものを取り出してきた。

榕庵？

その名を聞いたとたん、品の顔色が変わった。

今日は、捕り物の稽古のため、八丁堀《はっちょうぼり》の道場へ出かけたのではなかったのか。しかし、新之助は母親の顔色が変わったことにも気づかず、嬉しそうに木の根の説明をはじめた。

「これはトウキと申しまして、血の道を訴えるご婦人にはうってつけの生薬《しょうやく》です。これを煎《せん》じて飲めば、あら不思議、たちまちのうちに血の巡りが良くなり、冷え性までも改善するという優れものなのです」

それから品の腕を取り、脈を診ては、

「ああ、母上もかなりの瘀血《おけつ》ですな。これではのぼせて足が冷え、お辛《つら》いでしょう。めまいなどございませんか。イライラなどしておりませんか」

などと優しい言葉をかけるのだ。

そういえばと品は思い当たった。

最近、とみに怒りっぽくなった気がする。けれどこれは、単に悩みがあるせいだとばかり思っていたのだが。あまり眠れないせいだとばかり……。

「いいえ、違うのです。母上のようなお年の方には、よくあることなのです」

私のような、年の方？

品の片方の眉がピクンと跳ね上がった。

「そうです。母上のような」

新之助は、にこにこ笑いながら言った。

「もう女子《おなご》では、なくなった方です」

品の血液が一気に頭に駆け上った。髪の毛一本一本が逆立つ気がした。怒りで全身が熱くなり、いつしか冷えはどこへやら吹っ飛んだようだ。

「新之助」

品はなるだけ、落ち着いて聞こえるように言った。

「はい」

悪びれた様子もなく、新之助は無邪気に答えた。

「私は、まだ女子です」

「はい？」

新之助は聞き返した。

「わ・た・く・し、には、ま・だ――」

今度は聞き取りやすいように、一つ一つ丁寧に言葉を区切った。

「ございます！」

新之助の顔が、さっと青ざめた。

「それと、今日は道場へ行く日ではありませんか」

しまった！　というように、新之助は目を白黒させた。

「どうして、あの〝しょぼ鼠〟の所へ行ったのです！　あれほど行くなと申しておるのにッ」

〝しょぼ鼠〟とは、品が榕庵につけたあだ名だった。しょぼくれた鼠みたいな男、という意味だが、我ながらぴったりの名前だと思った。

品はいつか行った、榕庵の家を思い出していた。

陽のあまり射さない薄暗い部屋の中、薬草の臭《にお》いがツンと鼻をつく。引き出しのたくさんついた百味簞笥《ひゃくみだんす》に、放り出された薬研《やげん》や碾《ひ》き臼《うす》。所狭しと並べられた、得体の知れない埃《ほこり》を被《かぶ》った土瓶や壺《つぼ》の数々。天井からは、大きな鹿《しか》の角に、干からびたヤモリ、マムシなどがぶら下がり、棚の上にはなにやら黒いものがこちらを向いていた。目を凝らしてよく見ると、それは黄色い歯を剝き出しにした猿の頭の黒焼きで——。

ギャー！

一度行って、卒倒しそうになった品とは違い、子供の頃からやれ熱が出た、咳が出たといっては、しょっちゅうあの家の世話になっていた新之助には、自然と遊び場のようになっていたのだろう。だが、それにしても、大人になってからも入り浸るとは……。

品の胸にメラメラと怒りが湧《わ》いてきた。

おのれ、榕庵め、自分に子供がいないからといって、余所《よそ》の子にまで余計なことを。どうせ不老不死などという戯言《ざれごと》も、あの男の入れ知恵に違いない。

品は覚悟した。

今日こそは、新之助にきちんと話をしなければ。奉行所勤めのことを、懇々《こんこん》と言って聞かせねば。

色をなし、こちらに向き直る母の異変をいち早く察したのか、

「こりゃ失礼！　母上は血の道ではなさそうだ。でもやはり、この根を煎じてお飲みください。これは滋養強壮に効き、ますますお元気になられますから」

新之助はそう叫ぶと、持っていたトウキを放り投げ、一目散に部屋から飛び出していった。

「待ちなさい。これ、こっちへ来て座りなさいッ！」

しかし、追いかけた品がいくら呼んでも、新之助の姿かたちはすでに何処《どこ》にも見当たらないのだった。

紐解の思い出

陽はだいぶ傾いて、カラスの鳴き声がしてきた。

この家にはもうひとり、離れに住む姑《しゅうとめ》の真喜《まき》がいた。だが隠居してからの真喜は、品に家のことは任せっきりで、別段うるさく口を挟むこともなく、嫁姑の関係は良好に見えた。

真喜は、旗本葛西《かさい》家から舅《しゅうと》の善兵衛《ぜんべえ》のもとへ嫁いできた。葛西家の俸禄《ほうろく》は二百五十

俵と低いが、そこは痩せても枯れてもお目見《めみえ》以上の旗本家。真喜は屋敷の奥で大切に育てられた〝お姫様〟であった。

そのせいか、齢《よわい》七十歳を越し、八十に手が届きそうになった今でも、毎朝、上質な着物を身にまとい、白髪頭をきちんと結い上げるのだった。

もともと小柄な真喜が、年を取ってからはさらに縮こまり、ちんまり座っているその様は、何だか座敷童子《わらし》のようにも見えるのだ。

その小さな体から発せられる声は、これまたうんとか細くて……。必然的に周りの者は身を乗り出して聞く羽目に。そうして捉《とら》えられた声は、もはやご神託に近く、皆ありがたがって戴《いただ》くのだ。

そんな周囲の反応を見て、品はつくづく思った。

人を従わせるのに大声はいらぬ、ただ小さな声で、ぼそぼそ喋ればいいと。

それに対し、品の実家伊篠家は、七十俵高五人扶持《ぶち》の御徒組《おかちぐみ》。家族は両親に兄がふたりと姉がいた。

品が生まれた時、母のヨシは高齢だったため、体に無理がたたり、そのまま亡くなってしまった。享年四十一歳。

乳呑児《ちのみご》を抱えて困った父の弥市郎《やいちろう》は、乳母を雇って赤ん坊の面倒をみさせることにした。

乳母の名前はお重《しげ》。相模《さがみ》の国の百姓女で、亭主に死に別れたあと、まだ幼い自分の子供を母親に預けて、単身江戸へ出てきたそうだ。このお重が品にとっては母親代わりなのだが、いかんせん幼過ぎてよく覚えてはいない。

お重は品が二歳になり断乳したあと、暇を出されたということだ。

けれども品は、七つになった紐解《ひもとき》の儀の日に、裏木戸からこっそり現れた、立臼《たてうす》のようなずんぐりとした女を記憶していた。

女は日に焼けた赤茶けた髪に、色の抜けた粗末な着物を着て、品を見ると懐かしそうに両手を広げた。

不思議なことに、ふだんは恥ずかしがり屋でなかなか人に馴染《なじ》もうとしない品が、その時ばかりは、まるで吸い寄せられるかのように、一歩、二歩と女のほうへ歩み寄り、いつの間にやらその懐へすっぽり収まってしまったのだ。すると女は嬉しそうに笑って、ごつごつした大きな手で幼い品を抱き寄せた。訳も分からず、なされるがままの品だったが、顔も覚えていない、女の饐《す》えた汗の匂《にお》いと柔らかな肌の温《ぬく》もりだけは、いつまでも記憶に残っていた。それが母というものなのかと、長じた後もことあるごとに思い返した。

あとで五つ上の姉が「あれが乳母のお重だよ」と教えてくれた。お重は持参した風呂敷包みの中から、畑から採ってきたばかりだという、青々としたささげを取り出すと、「品様のお祝いに」と差し出すのだった。

父は品が十二の時に病気で亡くなり、跡を長兄の金之丞《きんのじょう》が継いだ。品はこの兄に育てられたのだ。

次兄は他家へ養子に、姉は同じ小石川のお徒士《かち》の家へと嫁いでいった。やがて兄嫁のお勝《かつ》がやってきた。お勝は、義理の妹の教育は自分の係だと心得ていたようで、品はこの兄嫁から厳しく躾《しつ》けられたのだ。

お勝は兄について学問を習っている品に対し、呆れたように首を振ると、

「品さん、女子《おなご》には学問など必要ないのですよ。それよりもあなた、お針の腕をもう少し上げなければ、嫁ぎ先へ行った時に笑われますよ」と言うのだった。

どうやら兄嫁は、このままでは品が嫁いだ時に、使い物にならないと戻されることを心配していたようだ。さらに、

「女の幸せとは、何か分かりますか」そうまじまじと見つめながら尋ねるのだった。

突然のことに、品が返事に窮していると、

「女の幸せとは、嫁して子を成し、育てること。それ以外に何かありますか」と、ひときわ大きな声で言い放つのだった。その当然だと言うような兄嫁の勝ち誇った顔を

見ると、品は軽い抵抗を覚えたが、その日から品は書物を置き、針を持つことになったのだ。

品が十八歳になった頃、あちらこちらから縁談の話が持ち込まれるようになった。けれど相手は三十過ぎてもまだ無役などざらで、良くて小普請《こぶしん》だった。小普請とは、非役の旗本や御家人たちの集まりなので、実質無役ということだ。くる話くる話、どこも似たり寄ったりの貧乏旗本ばかりで、品は将来に夢も希望も見いだせずにいた。

実家の伊籐家も貧乏御家人で、兄嫁は家計のやり繰りでいつも頭を悩ませていたし、義妹の品にも何かと口うるさく、小言ばかりを浴びせかけていた。

そんな現状を子供の頃から、嫌というほど見聞きしてきたので、品はすぐに縁談を決めたくはなかった。品としてはもう少し、余裕のある家へと嫁ぎたかったのだ。だが、天下太平の世の中では、羽振りの良い家などそうそう見つかるものではなかった。

武士たちは皆、世の中の物価の上昇とはかかわりなく、先祖が過去に定められた永久俸禄制度に苦しめられていた。どんなに時代が変わろうが、一度決められた家禄は、決して変わることはない。よっぽど良いお役目に当たらぬ限り、増額など見込めはしないのだ。

ところが、二十歳《はたち》になった時に持ち込まれた縁談は、今までとは打って変わって破格の結納金だった。兄嫁のお勝はほくほくして、急に品への対応が優しくなったものだ。

だが、年の離れた妹を、子供のように可愛がってくれた兄だけは、あまりいい顔をしなかった。品がいくら理由を尋ねても目を伏せて言い渋り、なかなか重い口を開こうとはしない。けれども執拗《しつよう》に食い下がる妹に音を上げて、ついに語ったことは、
「だってお前、相手は不浄役人だよ」というもので、品は衝撃を受けた。

不浄役人。

言葉は知ってはいたが、それがどんなものか見当もつかなかった。ただ兄の言葉の中には、微かに禁忌の色が感ぜられ、そこにまだ若かった品は反発した。それならば、実際に自分の目で相手を確かめてから、婚姻を決めようと思ったのだ。

同じ武家から〝不浄〟と一段低く見られている人々とは、一体どのような者なのか。期待と不安とが入り混じった気持ちで品は、ある朝、出仕途上の縁談相手を盗み見ることにしたのだ。

善兵衛の方策

そもそも、北町奉行所吟味方与力、間壁善兵衛には一つの信念があった。それは、

この家の当主には諸組の御家人の家から嫁を迎える、というものだった。

町与力は二百石でありながらお目見以下のお抱席。日本橋にほど近い下町に住み、贅沢《ぜいたく》な暮らしをしているが、罪人を取り扱うため、同じ武家仲間から「不浄役人」などと卑《いや》しめられ、付き合いを遠慮されていた。

そのため、縁組は自然と仲間内の与力、同心《どうしん》だけで固まっていた。

「これではそのうち、八丁堀に住む人々は皆、親類縁者になってしまうではないか！」

善兵衛は、そんな風潮を憂えていたという。だから、あえて自分には、旗本から嫁を迎えた。そして息子の三左衛門にも、八丁堀からではなく、別の組から娘を嫁にもらうように勧めていた。

なぜ間壁家にそれほどの財力があったのかというと、町奉行所や与力、同心には、〝付届け〟という莫大《ばくだい》な副収入があったからだ。

江戸の町には、諸国の殿様について来た勤番侍たちが大勢暮らしていた。江戸藩邸の留守居役《るすいやく》が一番頭を悩ませたのが、この藩士たちが体面を汚す行動をしないかということだった。だからこそ、留守居役は常日頃から〝御用頼み〟と称して、町奉行所や与力、同心たちへの付届けを忘れなかった。いざという時には、「よろしく頼む」

という訳だ。

だが、諸藩といってもその数なんと、三百諸侯！　もらった付届けは全部まとめて金庫に集められ、年末になると五十人ほどの与力全員で分けたというのだから、その副収入がいかに莫大なものになったかは想像に難くないだろう。

それが、口さがない世間の連中からは、「与力の付届け三千両」や「与力が家の者、ふだん着は黄八丈《きはちじょう》」などと、陰口を叩かれる所以《ゆえん》でもあったのだが……。

だが、そんな善兵衛にも誤算があったようだ。それは妻の真喜が何事にもおっとりで動作が緩慢、何を聞かれても蚊の鳴くような声で、「はて、存じませぬ」としか答えなかったからだ。真喜は、痩せても枯れてもお目見以上の旗本出身。本来なら、不浄役人などと言われる町与力の家とは格が違うのだが、間壁家の結納金に目が眩《くら》み、輿《こし》入れすることになったそう。真喜の実家、葛西家には相当な借金があったという話だ。

そんな真喜は、町方にあり、そして気風も町方の八丁堀にはなかなか馴染めなかった。ここ八丁堀で必要だったのは、夫に代わって家内を切り盛りする、能力のある妻の存在だったからだ。

八丁堀の与力宅には、職業柄様々な人が訪れる。

それは駕籠を仕立ててやって来る、諸藩の高位の留守居役であったり、厄介事が起きて駆け込んでくる町方の商人や、喧嘩の仲裁を頼みに来る酒臭い職人だったりするのだ。

奉行所へ訴えるまでもない、これらよろず相談事を、彼らは懇意にしている町与力の家へ気軽に持ち込んできた。

そんな時、出仕して留守がちな主人に代わり、対応するのはその家の奥方の大事な役割だった。だから八丁堀の嫁になる娘には、人あしらいの力量が求められるのだ。

しかし妻が対応しないとなると、自然と町方は寄り付かなくなる。そうなると、とたんに町の情報なども入ってこなくなり、仕事にも支障が出てしまう。

だから善兵衛は、息子の嫁には、武家の中でも小禄の家の者を、と強く望んだ。貧乏御家人の娘なら、まだ目端が利き、気働きもあるのではないかと期待したのだ。

舅の期待に沿えたのかは、品は知らない。

善兵衛は、品が嫁してきてしばらく経ったある晩、寝ているうちに急に胸を押さえて苦しみ出し、それっきり。まだ隠居前のことだった。

それからは慌ただしく、当時見習いだった三左衛門が跡目を継ぎ、以来吟味方与力として三十年近く、ご奉公しているのだ。

姑はそれを機に屋敷内に離れを造ってもらうと、そこでひとり寝起きするようになった。朝の食事は、品が下女に命じて運ばせて、昼と夕餉《ゆうげ》だけは母屋へきて食べた。そうして空いた時間を、趣味の俳句に費やすという生活をはじめたのだった。

品は弱冠二十歳そこそこで、屋敷の全てを任されることになった。嫁にきた当初は姑に遠慮して、家事のやり方などもいちいちお伺いを立てていたのだが、真喜のほうは、むしろせいせいしたといった様子で、「品さんの好きな様にしてよろしいのよ」とのたまうのだ。

そういう訳で、婚姻してからすぐに、品は自分のやり方で自分のやりたい様にさせてもらっていた。世間では嫁と姑は反目し合う仲だと言われているが、そもそもぶつかり合うほど、この家ではふたりが一緒にいる時間は多くはなく、適度な距離を保ったままで、それぞれが自分たちの生活を守っていたのだ。

そうこうしているうちに、娘の凜が、続いて新之助が生まれると、忙しさは倍にも三倍にも感じられた。だが今思うと、あの頃が一番楽しかったのかもしれない。

あの頃の口癖は「忙しい、忙しい」で、幼い凜などは、ままごと遊びの最中に「ああ、忙しい、忙しい」と、品そっくりの口真似をして、よく遊んでいたものだ。

それが今では、と品は思う。

今の私は、すっかりくたびれたお婆《ばあ》さんだわ。口を開けば、出てくる言葉は「ああ、疲れた、疲れた」で……。

月日の流れを感ぜずにはいられないのであった。

あだ名は〝転ばん〟

旦那様のお帰りー。

下男の八助《はちすけ》の呼ぶ声がして、にわかに外が騒がしくなった。

品は慌てて立ち上がると、玄関まで出迎えた。

もう、暮れ六つ（午後六時）か。夫の三左衛門は毎日判で押したように同じ時刻に帰ってくる。それは結婚してから、この方三十年、一度も狂ったことなどなかった。

若い頃の三左衛門は、瓜実顔《うりざねがお》の鯔背《いなせ》な若者で、結婚当初の品は、よく友達から羨ましがられたものだ。

当時は万事武家風を嫌い、肩衣《かたぎぬ》の幅を変えたり、凝った印籠《いんろう》を持ち歩いたり、また、チャラチャラ音のする高級な雪駄を履きながら派手に歩き回っていた。

ところが、以前は洒落者《しゃれもの》だった夫が、年とともに恰幅《かっぷく》がよくなり、最近では舅そっくりの鬼瓦《おにがわら》のような強面《こわもて》になってしまった。ただでさえ威圧感を与える容貌なのに、そこへ昔は一文字、今では〝への字〟に結ばれた口が不機嫌そうに乗っかっている。

これはこの男が若い時と変わらず、否、それ以上に、自分の意志を容易には曲げないことを示しているのだった。

あるとき品は、三左衛門の部下である同心の市田作之介《いちださくのすけ》からこんな話を聞いた。

間壁様は町人たちから親しみを込めて〝転ばん〟と呼ばれておるのですよ、と。

転ばん。

それは、どんなに金を積まれても転ばぬ男、という意味なのだそうだ。

確かに罪人を取り調べる吟味方与力という職業柄、間壁家では各方面からの付届けは多かった。

時には、名立たる大家の名代が直接自宅へやってきては「ひとつこれで穏便に」と、便宜を図ってもらおうとすることもあった。

だが、そんな時でも三左衛門は、容赦なく使者を追い返した。

それを見て品や真喜は呆れ返り、「別にもらっておいてもよいものを……」などと後でぶつくさ言い合うのだが、超がつくほど生真面目《きまじめ》な三左衛門は、そんな女どもの陰口にはまったく取り合わなかった。

しかし、身内からすると融通が利かないように見える三左衛門も、それがかえって信用できると、町方からは慕われもするのだ。

町火消の頭領たちが打ち揃《そろ》い、何処よりも先にこぞって正月の挨拶に来るのも、そんな三左衛門の人柄を見込んでのことだったろう。

夫の着替えを手伝いながら、品は少しばかり誇りに思うのだ。


結婚以来、三左衛門が品に不満を漏らしたことなどなかった。そもそも若い頃から感情を表に出す、ということがあまりない男だった。

晩のおかずが少なかろうが、酒が付いていなかろうが、文句を言った試しがない。もちろん、だからといって、褒めることもなかったのだが。

夫は、ただ黙って食べ物を口へ運ぶだけなのだ。

そう黙々と——。

三左衛門は極端に無口な男だったのだ。日頃から何を考えているのか、分からないところがあった。

家のことは品に任せっぱなしで、口を挟むことはないが、かといって、こちらが困っているときに、助けてくれるという訳でもない。

一番忘れられないのは、まだ新之助が幼い頃、疱瘡《ほうそう》を患い、医者に診せたにもかかわらず、熱が下がらなかった時のことだ。

どうしていいのか分からず、ただオロオロしている品に、三左衛門は何も言わずに出仕しようとしていた。

品は思わず縋《すが》るようにして、

「今日だけは、せめて今日だけは、一緒にいてはくださいませんか」と頼んだが、玄関先で背中を向けて立つ三左衛門からは一言、

「わしに頼るな。何もできん」

そう言われただけだった。

それ以来、品が三左衛門を当てにすることはなかった。あの瞬間から、品は三左衛門を当てにすることを諦めたのだ。だから、家のことはすべて品が取り仕切ってきた。それこそ、家の普請から凜の縁談さえも……。

三左衛門にとって、あくまでも家庭とはくつろぐ場所であり、生活の場でしかないようだった。家庭内での揉《も》め事、厄介事を三左衛門は何よりも嫌った。だから品は、いつでも自分の采配で物事を丸く収めてきたのだ。

夫が生活しやすいように、生きやすいようにと。

しかし、そんな私の態度が良くなかったのではないかと、最近になって品はつくづく思うようになってきた。私が夫を甘やかしてきたせいで、あの男はあんな風に、何事にも無関心になってしまったのではないかと。

何やかやといっては、駆け込んでくる町の人々の揉め事を、夫に代わって、時にいつまでも聞いてやっていることや、次から次へと入れ替わる大勢の使用人たちを雇う気苦労も――特に女の使用人に対する気の遣いようなどは――果たして、夫はどれほど分かっているのだろうと品は思う。

娘が嫁に行き、息子の新之助の世話も一段落ついて、手がぽっかり空いてしまうと、夫にとって自分は一体何だったのだろうと、時折品は考えた。

三左衛門は、一途《いちず》に仕事に取り組む男だし、品に文句めいたことを言うこともない。けれど、何か話しかけても、いつもどこか上の空。ましてや、自分から声をかけたり、身近な話題を持ち出すこともない。ただ、品の話に適当に相槌《あいづち》を打つだけだ。

品は夫の気持ちが分からなかった。何を考えているのか、言葉にしてくれなければ分からないと思う。だから夫にはもっと会話をして欲しかった。たくさん話しかけてもらいたかったが、気がつくと広い屋敷の中で、ひとりの男とひとりの女が、まるで別々に暮らしているようにも見えるのだ。

その距離感が、時に品には耐えられなくなる。

それとも、と品は思った。

私が我儘《わがまま》なのだろうか。

私が至らないせいで、こうなってしまったのだろうか。

本当は、今のこの何の心配もない生活に感謝して、幸せを感じなければいけないのかしら……。

品は殊勝にもそんな風に考えようとした。

しかし、そう思おうとすればするほど、心の中には冷たい風が吹き荒《すさ》び、通り抜けていくのだ。

品だって、別に孤独ではない。親しい女友達だっている。けれどもそれは、例えばそう、かねてより夫婦ふたりっきりで行ってみたいと願っていた、江の島詣《もう》でのことだって、と思い返すのだった。

子供たちの手も離れた今、夫婦水入らずで一緒に旅をしたいと、前々から品は三左衛門に伝えていたのだが、夫が腰を上げる様子は一向になく、あまつさえ、

「わしには勤めがあるから無理じゃ」

とか、

「イテテッ、持病の腰痛が」

などとしきりに言い訳ばかりをしている。しかし、あまりにも品がしつこく言い募るので、しまいにはうんざりしたのか、

「お前には一緒に行く友はおらぬのか？　そんなに行きたいなら、わしのことはいい

から、女友達と行ってまいれ」

などとつれない返事を寄越すのだ。

そう言われると、品の心は急に虚《むな》しくなる。

私があなたの頼みごとを聞かなかったことが、今までに一度だってありましたか。

それなのに、私の言うことなんぞ、ついぞ本気で聞き届けてはくれませんのね……！

最近では、そんな恨み節さえ湧き上がってくるのを、どうにも抑え切れずにいたのだ。

女は猫じゃない！

そのくせ、夜のほうは、いつまでもしたがった。

品は今年でもう五十路《いそじ》の坂に差しかかる。いい加減、お勤めは終わりにして欲しかった。

けれど、夜に寝所でふたりして枕《まくら》を並べていると、昼間の寡黙さはどこへやら、決まって隣の布団から「のう、のう」と甘えた声がしてくるのだ。

「なんです」うるさそうに品が応えると、

「いいではないか、のう」

と言いながら、今度は手が伸びてくる。

「無理です」

品がその手を払い除《の》けると、

「なぜ無理じゃ」

心外だとでも言うように、三左衛門は口を尖らせた。

その様子をうっとうしく感じながらも、品が「アレだからです」と答えると、

「アレ？」

三左衛門が怪訝《けげん》そうに聞き返した。意味が通じてないようだった。

「そうです、アレ、月の物。だから無理」

仕方なく品が答えると、三左衛門は思いがけないことを聞いたとでもいうように目を丸くして、

「お前、まだあるのか……」とつぶやいた。

それを聞いたとたん、品の眉が片方ピンと跳ね上がり、夫を睨《にら》みつけた。

なんと無礼な！　まだ若く、女子のことなどよく知らぬ新之助が言うならまだしも、妻の状態を誰よりも把握しておかねばならない夫ともあろう者が、こんなたわけたことを言うなんて……。

品は情けなかった。

期せずして、その日新之助からも同じことを言われ、少なからず傷ついていたのだ。品は今、崖《がけ》っぷちに立たされていた。この肉体の働きがいつ終わるのかと、不安を抱えながら毎月を過ごしているのだ。

たしかに、終わればせいせいするだろう。けれど、それは同時に女であることの終《しゅう》焉《えん》でもあるのだ。今まであったものが、完全に無くなってしまう。そんな一抹《いちまつ》の寂しさを抱えて、ひそかに自分ひとりで耐えているというのに……。

それなのに、それなのに、夫という人は、なんと呑気《のんき》で残酷なのだろう！

三左衛門の言葉は品の心を抉《えぐ》った。息子に言われるよりも、夫から言われるほうが深く心に突き刺さる。品は惨《みじ》めな気持ちだった。

……許せん！

品の胸は怒りで燃えた。そして、何か言いたげに口をパクパクさせている三左衛門を尻目《しりめ》に、目の前で勢いよく布団を被ると、もう二度とこんな男とするものか！　と心の中で叫ぶのだった。

一度、三左衛門になぜそんなに男はやりたがるのかと、聞いてみたことがあった。女の生理では、なかなか分からぬことだからだ。

夫は、「それは、その、あれ……だな」などと言葉を濁しながら、目を泳がせてい

たが、ついに観念したのか、

「女子は体温が熱いだろ、だからじゃ！」

と恥ずかしそうに答えるのだった。

「えっ」

訳が分からず、きょとんとしている品に向かって、ええい、鈍い奴じゃと、三左衛門はさらに大声を出す。

「だから、女子の体は温いだろう？　冷えた体を温めるには丁度よいのじゃ！」

品はあんぐりと口を開けた。

そんなことのためだけに、まぐわいをすると言うのか。本当にそれだけのために
……？

馬鹿馬鹿しい！　品の頭に血が上った。

女は猫じゃないぞ！　そんなに温もりたいなら、猫を飼え、猫を！

品は呆れ果て、日頃から胸に持つ確信をさらに強くした。

男というのは、本当にどうしようもない生き物だわ！

第二章　お前としたい、したい

相生の松

ザザーッ、ザザーッ。

その夜、寝ている品の耳元に、波の音が聞こえてきた。寄せては返す音を聞くうちに、ひとつの光景が品の脳裏に浮かび上がってきた。

それはまだ幼い日に、親類の家へ遊びにいった時のことだ。玄関を入ると、屋敷の床の間に飾ってある掛け軸に目がいった。

そこには、大きな松の木が描かれ、根元には翁《おきな》と媼《おうな》が互いに寄り添い立っていた。柔和な表情のふたりは、仲良く海を眺めている。

ザザーッ、ザザーッ。

足元には波が打ち寄せ、尻尾《しっぽ》からふさふさとした豊かな白い毛を生やした大きな亀《かめ》が、ふたりを見上げていた。長生きの象徴でもある亀が、さらに年を経て神聖なものとなり、彼らの長寿を祝福しているようだった。

「ああ、いいなあ」

掛け軸を見るたびに、品の心は震えた。子供心に、こんな夫婦になりたいと考えていたからだ。

まだ婚姻など、ましてや夫になる人のことなど、考えも及ばない頃だった。けれど品は、老夫婦の何とも言えない、穏やかな佇まいに心惹《ひ》かれていた。

それは言わば、人生に降りかかる、火の粉の全てを払い終えた後の、その先にある静寂。一点の曇りもない澄み渡った心境。また、長年積み重ねてきたふたりだけにしか分からない、思いや情緒、共感のようなもの。そして、そんなふたりだからこそ、互いを労《いた》わり合う慈愛に満ちた眼差しなど。人生の終盤に訪れるであろう、そのような境地に品は憧れていたのだ。

いつか私も、こんな風になりたい。このように年を重ね、夫となる人と「よく、やりとげましたね」などと言いながら、心を通わせ生きていきたい。

そう思っていたのに……。

それなのに、それなのに……。

突如、品の脳裏に謡《うたい》が聞こえてきた。

〽　高砂《たかさご》や　この浦舟に　帆を上げて
　　月もろともに　出潮《いでしお》の　波の淡路の　島影や

ああ、あれは婚姻の時に、彦吉《ひこきち》叔父さんが詠《えい》じてくれた「高砂」だわ……。

ザザーッ、ザザーッ。
やがて夢うつつの中で、その唄声《うたごえ》もさざ波に掻《か》き消され、だんだんと小さくなっていった。

主婦と生活

月に一度、品は旗本北見《きたみ》家へお華を習いに出掛けていた。師匠の藤野《ふじの》は長年大奥にて御殿女中を勤め上げた初老の女で、お城から下がったあとは、実家の奥座敷でお華を教えていた。
行儀作法にはすこぶる厳しいと定評があり、奥女中仕込みの所作が身につくとあっては、近隣の娘たちが競い合って通っていた。

娘たちはこのあと、少しでもよい条件で大名屋敷に奉公に出たり、あるいは良縁に恵まれようとして、その顔つきは真剣そのものだったが、品が通っている時間帯には、そんな悲壮さはまったく漂ってはいなかった。

そこに集うのは、十人前後の似たり寄ったりの中年女たちで、手も動かすが口も動かすという、さながらお喋り雀《すずめ》が姦《かしま》しく囀《さえず》るが如《ごと》くの賑《にぎ》やかさで——。

ふだん、娘たちから恐れられている師匠の藤野も、この時ばかりは何も言わずに、黙って聞いているだけだった。


「ああ……腹が立つ!」

バチン!

思いっきり力を入れて鋏《はさみ》を使ったので、思いのほか大きな音が出てしまった。

「どうしたの、何かあったの」

訝《いぶか》し気に、隣に座っていた日里《ひさと》が声をかけた。

日里は品と同年代の女。祐筆《ゆうひつ》職にある旗本田辺祐之助《たなべゆうのすけ》の妻で、家格は違うのだが、品とは何かと気が合った。

品はどうしようもない、という風に首を大きく振ると、

「ちょっと、聞いてよ」

溜息混じりに、日里へ顔を向けた。

「ウチの夫ったら、私のことを〝まだ月の物があるのか〟って、こうよ。失礼しちゃうわ！　まるで私を婆さん扱いで」

日里は目を丸めて驚いた。

「へーっ、お品さんって、まだあるの」

「失礼ね、まだあるわよ！」

日里の無神経な物言いに、品は思わず声を荒らげた。

「ふーん」

日里は、細い目をよりいっそう細くして品を見つめると、呆れたように、または半ば疑わしそうにじっと見た。

その陰気な目で見つめられると、品は何だかお尻に火がつくというか、むずむずするというか、何とも言えず居心地が悪くなってしまうのだ。

だが、日里はそんな品には構わずに、

「私はとっくに終わったけどね」と肩をすくめるのだった。


日里は目が悪い。

何でも子供の頃、陽明学者の父から学問の手ほどきを受け、蠟燭《ろうそく》の灯《あか》りの下で書物を読んだからだという。

女子にそれほどの学問が必要なのかどうか、品にはよく分からなかったが、幼い頃より目を酷使し続けた結果、今では日里は、目を糸のように細くしなければ、物の判別すら覚束《おぼつか》なかった。

眼鏡をかけなければ、相手の顔すらはっきりしないはずだが、見栄えを気にして使ってはいないのだ。

だから日里の細い目でじっと見つめられると、見られた者は、何だか悪いことでもしたかのように急にそわそわと落ち着きをなくしてしまう。まるで蛇に見込まれた蛙《かえる》のような――否、女師匠に叱《しか》られた子供のような――そんな心許《こころもと》ない気持ちに陥るのだった。

しかも、このところ日里は、口を開けば皮肉ばかりを言うようになっていた。それがなぜなのかは知らないが、それゆえ徐々に友人たちからも疎まれるようになってしまった。

以前はそんな人ではなかったのだが……。

「まあ、だからお品様って、いつまでもお若くて、お綺麗《きれい》なのですね。特に肌ツヤが」

ふいに横から口を挟んできた者がいる。

教室で一番若い、三十半ばの、うのだった。

「あら、そうかしら」

胡麻《ごま》すりとは分かっていても、品は何だか嬉しかった。人知れず実践している美容の効果が、ようやく表れてきたのかと思ったからだ。

それは、最近出版された『都風俗化粧伝』の中にある〝皺をのし、一生年寄りて見えざる手術の伝〟というものだ。

方法はいたって簡単。両手を擦《こす》り合わせて、熱くなった掌《てのひら》で顔を余すところなくすりなずるだけ。本には、五年も実行すれば「顔貌の色形、少女のごとくになり」と書いてあった。

五年……！　とは、さすがの品も言葉を失ったが、それでも寝る前には欠かさず、この手わざを行うようにしていた。そのせいか最近では、化粧のノリがいいような気がしていたのだが……。

ところが、その後続けざまに言ったうのの言葉に、品は思わず顔色を変えた。

「ええ、まるで四十代の方みたい」

この娘も他意はないのだが、一言多いのが玉に瑕《きず》だ。どうも自分の若さをひけらかすようなところがあり、そこが品には癪《しゃく》に障るのだ。

よいですか、私は先週五十になったばかりです。つまり、私はまだ限りなく四十代なのです。だから、四十代の肌なのは、あ・た・り・前、なのです！　品はあたり前を強調した。

そこのところを履き違えてもらっては困る！　と直接口に出しては言えず、心の中で思いっきり悪態をつくのだった。


うのは、最近旗本三百石の尾川玄之丞《おがわげんのじょう》と再婚したばかり。玄之丞は六十を過ぎてから、若い女を嫁にしたので、うののことが可愛くて可愛くてしょうがない。人目も憚《はばか》らず妻の手を取り撫《な》で回すので、口さがない連中は「あの色惚《いろぼ》け爺《じじい》！」などと陰口を叩いていた。

「お品様、よいことを教えて差し上げましょう。夫婦が仲良くなるための秘訣《ひけつ》、おまじないの言葉があるのですよ」

自信たっぷりの笑みで、うのが話しかけてきたので、

「まあ、それは何ですの。ぜひ教えていただきたいですわ」

ついつい品も調子に乗って言ってしまった。

うのは、そうでしょうともと、大きくうなずくと品に顔を近づけた。

「よいですか、夫婦生活を長く続けるコツは」

「コツは？」

品も身を乗り出した。

「一に〝素直に謝ること〟、二に〝ありがとう〟と感謝することなのです」

品の動きがピタリと止まった。

けれど、うのは気づかない。そればかりか満面の笑みで、

「これさえできれば、夫婦仲は永遠なのです！」

と言い切るのだった。

品は呆然《ぼうぜん》と顔を上げた。

それは昨日、私が下駄屋の女将《おかみ》、おハツに言った言葉ではないか！

そう思った瞬間、品はピン！ ときた。

さては、うのも「女訓玉手箱」を読んだなと。

「女訓玉手箱」は、主婦向けに定期的に刊行されている冊子で、中味は、家事のやり方や夫婦のお悩み相談、流行の衣装や小物類の特集、はては江戸の菓子店や茶屋の紹介など、華やかな図入りの人気本だった。ちょうど春号が出たばかりで、〝夫婦生活を長く保つコツ〟という文が載っていたのだ。

品がどう返事をしていいものやら、迷っていると、

「さすが、うの様！　お宅の仲がよろしいのは、うの様の心がけだったという訳ですね」

「感心いたしましたわ。まだ、こんなにお若いのに」

などと次々に周りから称賛の声が上がり、さらに品を当惑させた。

あまりにも皆が、うののことを褒めるので、

「皆様、本気でそんなことを思っておいでなのですか」

とひとりひとりに問うてみたい気がした。

ここに集う主婦たちは皆、良識もあり、教養もある武家の妻や母たちだ。長年一家の女主《あるじ》として君臨し、様々に経験も積んできているのに、どうしてこんな若輩者の言葉を真に受けるのか、しかも受け売りの……。それとも私のほうがおかしいのか？　うのを取り巻き、笑いさざめく女性たちを見回すうちに、品はだんだんと自信がなくなってくるのだった。

まじないの言葉など、品は決して信じている訳ではなかった。むしろ「ごめんなさい」や「ありがとう」という言葉一つで、夫婦仲が良くなるくらいなら、とっくに世の中平和になっているわい、などと思っているくらいだ。

だからおハツに教えた時にも、半信半疑で、けれど何か気の利いたことを言わなければと思って、冊子に出ていたことをそのまま言ってしまったまでのことだったが

……。

しかし、それを今、年下のうのから言われると、何だか品は、ええい、片腹痛いわ！　という気分になるのだ。

「あら、何、その紅の色、変わっているわね」

誰かが上ずった声を上げた。

見ると、うのの唇が玉虫色に光っていた。

「分かります？　笹色紅《ささいろべに》です」

そう言うと、うのはうふふと袖口で口元を覆い、なまめかしく笑った。

主婦の楽しみ、団子食う食う

なんて毒々しい色だろう……うのの唇を見て品は思った。

〝笹色紅〟という、下唇にだけ何度も紅を塗り重ねて濃くする化粧法が流行《はや》っているとは、品も聞いていたが、まさか武家の妻女にまで浸透しているとは驚きだった。しかもおしろいもほれ、あんなに厚くして。私たちの若い頃には、あんなけばけばしい化粧を施す者などいなかった。全般的に薄化粧がよしとされていたし……と品はしばし昔を懐かしんだ。

あの頃の化粧法は、よく溶いたおしろいを顔全体に塗って、手拭《てぬぐ》いで綺麗に拭い取るというものだった。一度塗っただけでは、どうしても色ムラが出てしまうので、塗っては拭い、塗っては拭いして、均一になるまで繰り返したものだ。きめ細かなおしろいは、よく拭っても薄衣をかけたように残るので、素肌が自然と白く見え、そこへ紅を「ほのぼのと」、または「うすうすと」、といった具合に薄くつけるのが上品だったのよ。それなのにこの娘は、こんな妙ちくりんな化粧をして……と品は呆れていた。

「少し紅がどぎつくはございませんか」皆が和気あいあいとしている中、品が口を挟んだ。

「あらあ、お品様、古い、古い。今はこれが流行していますのよ」

うのは意に介さず、小馬鹿にしたように笑った。

ふん、どうせ吉原の遊女あたりが流行らせたものでしょ？　それくらい知っていますよ、と品が苦々しく思っていると、別のひとりが、

「この紅は本物を使っているの？　いいわね。私は薄墨で我慢しているわ」と羨むように言った。

紅花から作られた口紅は〝紅一匁《もんめ》金一匁〟と言われるほど貴重な物で、巷《ちまた》の女たちは薄墨を塗った上から紅を引くなどして、さまざまな工夫を凝らしていると言うが、それを、惜しげもなく本物を使うとは……！

うのの滑る唇を見ながら、品は開いた口が塞《ふさ》がらなかった。

尾川公は、よっぽどこの若い妻にご執心とみえる。何でも言われるがままに高価な品々を買い与えているのだろう。公のしまりのない顔が目に浮かぶようだった。

品の仏頂面を余所《よそ》に、うのが、

「今は値段も下がっておりますのよ。家に出入りしている小間物屋なら、もう少しお安くなりますわ」

と言うので、周りの女性たちは「いいわね、いいわね」と盛り上がっている。

くわえて「それじゃあ、このあと、日本橋に繰り出して、そのお店へ参りませんか」などと言うので、「賛成、賛成」との声が上がり、ひとり品が鼻白んでいると、

「ついでに鶴屋《つるや》に寄って、霜紅梅《しもこうばい》をいただいていきましょうよ！」

なかのひとりが弾んだ声を出した。とたんに、

「行く、行く、行きます！」

と急に大声で品が手を挙げたので皆が笑った。

霜紅梅は、梅の形をした紅色の生地に、霜に見立てた「いら粉」がまぶしてある、見た目も可愛らしい京菓子で、前々から一度食べてみたいと思っていたのだ。

品の機嫌も、甘い菓子の前では瞬く間に直ってしまった。

また帯がきつくなるわね、そんな思いが一瞬頭をよぎるが、すぐに、夕食を減らせ

ばいいのよ、と打ち消した。

ひとり日里だけは、皆の輪の中に入らずに黙っていたが、

「丈太郎《じょうたろう》が戻ってきますので」

そう言うと、そそくさと帰ってしまった。

品は、日里の素っ気ない態度を寂しく感じていた。

丈太郎は、日里の一人息子だった。齢十三歳。

今年の十一月に行われる昌平坂《しょうへいざか》学問所を受験するために、日々儒学者について勉学に励んでいた。

もちろん、学問所に受かったからといって、必ずしも就職に有利に働くという訳ではなかったが、それでも合格すると、早くから「番入り願い」という就職活動を開始することができるのだ。だからこそ、中級・下級の旗本、御家人の子弟にとっては、この試験で優秀な成績を収めることが大きな目標だったのだ。

近頃の就職事情の厳しさは、幕府の役職の数が限られているからだが、噂《うわさ》によると、五年、十年と着物の裾《すそ》が擦り切れるまで走り回っても、なかなか番入りできない者もいるそうだ。諦めて内職の傘張りで生計を立てようと決意したとたん、十二年目でようやく役に就けた、などという涙ぐましい話まであるくらいで……。

それでも就職できずに、役なしの小普請に入れられる輩《やから》が二百名余りもいるというのだから、どれほど狭き門なのかは明らかだった。

日里の嫁いだ田辺家は二百俵三人扶持というから、決して家計は楽ではなかったろう。

生活苦の御家人たちは、家内一同、内職に励んでいるというが、旗本ではそうもいかなかった。何といっても、旗本は将軍家直属の武士なのだ。お上《かみ》の一大事には、いの一番に駆け付けなければならず、そんな家柄が内職するなんてことは、当然許されてはいなかった。

丈太郎の塾代などは、どうしているのだろうか。品は余計なことだと思いつつ、時折、友人宅の内情に思いを馳《は》せた。

もちろん、日里が日々の暮らしの愚痴をこぼすことなど、これまでに一度だってなかったが、それでも容易に想像はできた。

日里は毎回、枯れ木のように痩せた体に化粧っ気もなく、くすんだ肌と同じような色褪《あ》せた地味な着物を着て現れた。そして教室が終わると、皆が嬉々として寄り道の算段などをしているうちに、いつの間にかいなくなっているのだった。

「世の中、何だか不公平だわ……」

ある時、日里がつぶやいた。

あれはたぶん、丈太郎の受験が決まった頃だと思う。そう言ったあとに、日里はしまったという顔つきになり、慌てて話題を変えた。

「新之助さんは、お父上の跡を継げばいいだけでしょう。羨ましいわ」

けれど言葉とは裏腹に日里は別に羨ましそうでもない、感情のこもらない声で言うと、例の細い目で品をじっと見つめるのだ。

たしかに、下手に就職活動をしなくてもよい分だけ、町与力は気楽な勤めなのかもしれなかったが、代わりに、他の武家からは一段軽く扱われてはいたのだが……。

そんな言葉を、品はぐっと呑み込んだ。間壁家に嫁入りしてから、幾度こんなおためごかしを聞かされたことだろう。

羨ましい、羨ましい、と周囲の者らは口を揃えるが、そこに品はある種の蔑《さげす》みを嗅《か》ぎ取っていた。それは、格下にもかかわらず、のほほんと豊かな暮らしを享受する、品への当てつけだった。それと同時に、本来なら自分だってこんな所にはいなかったのに、という彼女たちの口惜しさだ。

特に日里などは、男と伍《ご》するほどの勉学をしてきたというのに、それを女だからという理由で、まったく活かせていないのだから、どんなに悔しかろうと思っていた。

本当はもっとやりたいことがあったのではなかろうか。何か自分の命を燃え上がらせるような、人生の全てをかけるようなものが。

そんな友の様子を見ていると、若い頃、兄嫁から言われた「女子に学問などいりません」という言葉が、否応《いやおう》なしに甦ってくるのだ。


しかし、それからだった。

ことあるごとに、日里が品に突っかかるようになったのは。

皆を笑わせようと、何か品が惚《とぼ》けたことを言うと、

「あなたっていいわね、悩みがなくて」

などと冷ややかに言い放つ。

そのたびに、あんなに仲が良かったのにと品は悲しく思うのだ。

そう、ふたりはかつて、子供のことなどよく相談する、仲の良い友人だったのだ。

だが、母親同士の友情は、子供たちの就職活動を機に亀裂《きれつ》が入り、微妙な関係になっていた。

母親に一番辛辣なのは、娘なり

お華仲間と別れて、品が屋敷に戻ってくると、娘の凜が孫の成子を連れて遊びにきていた。

顔を見せてくれるのは嬉しいけれど、こんなにしばしば実家へ帰っては、大林のご両親とて不快に思わないのかしら……。品は少々不安になるのだった。

そんな品の心配など余所に、凜は顔を見るなり血相を変えた。

「何ですか母上、その紅の色は！　みっともない！」

「えっ、おかしい？」

品は思わず、側にあった鏡を覗《のぞ》いた。

うのに連れられて小間物屋へ行くと、当初は紅を買うつもりなどなかった品も、皆で新色をあれこれ試しているうちに、自分も欲しくなり、結局は一つ買ってしまったのだ。

確かに派手だけれど、なかなか似合っているじゃない？　友人たちも、「とっても綺麗」って褒めてくれたし……。品が鏡を見ながらひとり悦に入っていると、それを見透かしたかのように、

「似合いませんよ、母上のようなお年の方には。まるで娼妓《しょうぎ》のよう、すぐに落としてください！」とにべもない。

しかも一番気にしている年のことまで指摘され、品はすっかり意気消沈してしまった。

「それじゃあ、お前にあげようか」

傷ついた気持ちを押し隠しながら、恐る恐る聞くが、

「いりません」と即座に撥《は》ねつけられてしまった。

「大体、紅をこんなに濃く塗るなんて、武家の家風には合いませんよ」

「どうせ、お教室の皆様と、帰りに日本橋あたりに寄って、甘い物でも摘《つ》まみながら買ってきたのでしょう？　それだから、母上はいつまで経っても痩せられないのです！」

などと説教までしてくる始末で……。

品は痛いところを突かれて、思わず黙り込んでしまった。

「痩せられないのです」

孫娘の成子までもが、母親の口真似をして可愛く笑った。

そうなのだ。

昔は、ほっそりとしていた品も、年齢とともに徐々に下腹に肉がつき、今ではぽっちゃりと丸くなっていた。それでも甘い物が止《や》められず、お華仲間と帰りに立ち寄る、甘味屋巡りを何よりも楽しみにしていた。

だが、それと引き換えに帯は日増しにきつくなり、痩せられない、でも、止められない……と、そんな板挟みに陥っていた。

それを人知れず悩んでいるというのに、横では凜が、

「また肥えたようですね！　まあ、帯がこんなに短くなって」とか、

「そんなにお腹《なか》が出ては、床が見えないでしょう？　足袋はおひとりで履けるのですか」

などと、さっきからズブズブ心に突き刺さることを言い立てる。

お前はまだ若いからねぇ……品は心の中で溜息をついた。私と同じ年になった時、やっとこの母の気持ちが分かるだろうよと、思いやりのない娘の言葉にひとりぼやくのだった。

凜は、親の目から見ても美しい娘だったが、いかんせん、気が強かった。子供の頃から言いにくいことも、ずばずば口にするので、品はいつもはらはらしながら見守っていたものだ。

しかし、凜の歯に衣《きぬ》着せぬ物言いは大人になるにつれて、次第に母親だけに向けら

れてきた。

どうもこの娘は、私のことを、馬鹿だと思っているのではないか？

品は時々そう感じていた。

凜の辛辣《しんらつ》な言葉を聞くたびに、娘というものは、もっと母親を労わったり、気持ちを察してくれたりするものではなかろうか、と情けなく思うのだが、どうも凜にはそれが伝わらないのだ。

そのくせ帰り際には、納戸に隠してあった頂き物の唐桟《とうざん》の反物などを目ざとく見つけ出しては、「これ、うちの旦那様の袴《はかま》に丁度いいわ」などと言って勝手に持っていくのであった。


さて、娘の凜にはこき下ろされたが、それでも品はその夜、寝るまで紅を落とさなかった。もしかすると、夫の三左衛門が気づいてくれるかもしれないと、ひそかに期待したからだ。

けれど、朴念仁《ぼくねんじん》の夫が気づいてくれるはずもなく、三左衛門はいつもと変わらず、黙々と箸を口に運ぶだけで、ついぞこちらをチラとでも見ることはなかった。

そして食事が終わると、皆がまだ食べているにもかかわらず、ガラガラとお茶でうがいをし、あまつさえそのお茶をごっくんと呑み干しまでしたのだった。

江戸の媚薬

そろそろ桜の便りも、ちらほら聞こえはじめたある日のこと。

非番であった三左衛門のもとへ、町医者の東榕庵が訪ねてきた。裏木戸から音も立てずにそっと入ってくる榕庵を見て、ちょうど縁側で庭を眺めていた品は、思わず顔をしかめた。

榕庵は当たり前のように、家の者しか出入りしない裏木戸から入って来る。それだけでも嫌な気持ちがするが、品がこの男を嫌う一番の原因は、やはりその容貌だっただろう。

榕庵は、金の掛かったきんきらの衣装で飾り立てながらも、自信がなさそうに背中を丸め、口元をにやつかせながらオドオドとこちらを窺うので、それを見るたびに品は、

「ええい！　男なら、しっかりせんかいっ！」と背中をど突きたくなるのだ。

何も知らずに入ってきた榕庵は、品に気づくと「やあ！」とでも言うように、右手を高々と上げるのだが、品があまりに無反応なので、笑顔を張りつけたまま仕方なく手を下ろすのだった。

「良い物を持って参りましたぞ」

三左衛門の部屋へ通された榕庵は、早速嬉しそうに切り出した。

「これは私が調合しました秘薬〝いきり丸〟でございます」

そう言って持参した風呂敷包みの中から、幾重にも畳まれた薬包を大切そうに取り出した。

「ほう」

三左衛門は、目の前に差し出された、黒い小さな丸薬を興味深そうに見つめた。それらは鈍く光っていた。

「いやはや、参りました！　この年になって、まさか女郎どもを、あんなに喜ばせることができるとは」

いつしか榕庵は膝を崩しながら、下卑た笑い声を立てている。

それを聞くと、三左衛門は何だか面白くない。

自分より年上で、胡麻塩頭の榕庵が、吉原で女どもを泣かせただと？　にわかには信じがたかった。

「して、いかほどの女郎たちを」

あんまり腹が立ったので、つい聞かでもいいことを聞いてしまった。

「そうですな」

しばらく思案していた榕庵だったが、

「太夫《たゆう》、新造、年増まで合わせると、七、八人ほどはおりましたかな。その遊女どもが、入れ代わり立ち代わり、わしの床に来ては〝アン、先生、いいわ、いい……〟なんて、よがりますもので、わしはもう、一晩中ご奉公で寝かせてもらえませんでしたわ」

膝を叩いて、また高笑いをする。

苦虫を噛み潰したような顔で聞いていた三左衛門だが、どうせ榕庵の他愛《たあい》のない与《よ》太話《たばなし》だと思いながらも、やっぱり内心では面白くないのだった。


すでに江戸市中には「たけり丸」や「女悦丸」「長命丸」といった閨房薬《けいぼう》が出回っていた。いくら榕庵が独自性を主張しても、二番煎じは否めない。

「たけり丸」は、オットセイの陰茎を干し、粉末にして練り固めて丸薬《がんやく》にしたものだ。オットセイは一頭の牡《おす》が、何十頭もの牝《めす》とハーレムを作るので、精力絶倫の象徴と信じられていた。それにあやかった薬と言えよう。

「女悦丸」と「長命丸」は、ともに塗り薬で、どこに塗るのかは、おおよその察しがつくだろう。ちなみに「女悦丸」は女性用、「長命丸」は男性用である。

「長命丸」のほうはその名前から、よく長生きの薬と間違われたようだ。田舎に住む婆《ばば》が江戸へ来て、長寿の薬だと勘違いし、爺《じい》のためにと買い求めた、なんていう笑い話も残っているほどだ。ちなみに、どこに塗るのかと婆に聞かれて、しばらく考えた店の者は、「頭に」と答えたそうだ。

三左衛門があまりに黙っているので、痺《しび》れを切らした榕庵が「何か質問はないのか」と聞いてきた。

「〝たけり丸〟というものがすでにあるようだが」

三左衛門が尋ねると「おうよ」と榕庵は、また得々として語りはじめた。

「この〝いきり丸〟は、〝たけり丸〟の上を行く秘伝中の秘薬だ。成分は」

そう言うと、急に小声になり「誰かに盗まれでもしたら困るから、ここでは詳しく言えないけどな」と前置きしながら、

「松前《まつまえ》から仕入れた本物のオットセイのモノに、白芍《びゃくしゃく》、生地黄《しょうじおう》、人参などの生薬を、十種類もふんだんに入れたものだ。効き目は、まあ、使ったらすぐに分かるさ」

そうして、「さあ!」と丸薬を渡されるが、そんな怪し気な薬など到底使う気にはなれない。

躊躇《ちゅうちょ》している三左衛門を見て、榕庵はもどかしそうに、

「さては、お主《ぬし》、その年でもう腎虚《じんきょ》か！」などと大仰に呆れた。

腎虚とは、過度の房事により、腎水を出し過ぎて腎臓が空っぽになる状態のことを指す。

まあ、言わばやり過ぎのことで、全身が衰弱して痩せ細ったりするのだが、三左衛門は逆にふくふくとしている。

「まさか、そんなことはござらん！」

否定する三左衛門の顔をまじまじと見つめながら榕庵は、今度は「ははん」と納得したような顔つきになった。

「時に、先ほど、奥方様にお会いしましたぞ」

「はあ」

何事かと榕庵を見る。

「奥様、何だかお疲れのご様子に見受けられましたな。やけにイライラしているように、私には感じられました」

「そうですか」と言うと、榕庵は急に声を潜めて、三左衛門ににじり寄った。

「三左衛門殿、女子はアレを待っておるのですぞ」

思わず「えっ」と聞き返すと、榕庵はじれったそうに、

「女子はな、時々抱いてやらねば、機嫌が悪うなる生き物なのだ。お主、最近、奥方

とはいつした」

そういえば……？

改めて榕庵に問われ、三左衛門が思い返してみると、このところトンとご無沙汰《ぶさた》だった。行為におよぼうとすると、なんだかんだと理由をつけられ、品に断られているのだ！

「それだ！　だから、奥方はわしにも、あんな厳しい目を向けるのだ。あれは男を憎んでいる目だ」

自信たっぷりにうなずく榕庵に、三左衛門は戸惑いを隠せなかった。

まさか、そんな……。

煮え切らない友の態度に、榕庵は身震いし、

「抱いてやれ、三左衛門。奥方はお前を待っているぞ！」

その時、

「お茶をお持ちしました」

突然声がして襖《ふすま》が開いた。見ると品が廊下で丁寧に手をついているではないか！

驚いた男たちは、慌てて離れた。その際すかさず、榕庵が三左衛門に〝いきり丸〟の包みを渡すと、泡を食った三左衛門はすぐさまそれを袂へと隠した。

男たちの企《たくら》みなど露知らず、品は楚々《そそ》としてお茶を配るのだった。

女はアレを待っている⁉

その晩、夕餉を摂《と》りながら、三左衛門はそっと妻の様子を盗み見た。つんと横を向いている冷たい横顔は、確かに〝アレ〟を待っているようにも見えるのだが……。

真偽のほどは定かではなかった。

一方の品はというと、夫が榕庵をまるで家族同然にして、家へ出入りさせていることに、いまだ腹の虫がおさまらないでいた。

あの鼠そっくりな男は、新之助をたぶらかし、いつまで経っても与力の仕事に就かせないようにしているのだわ。きっと、自分の跡取りにでもしようと考えているに違いない。あいつには、妻も子もいないのだから！

榕庵は独り身だった。過去には縁談を世話してくれる人などもいたようだが、ことごとく相手側から断られたそうだ。

それなのに、夫も夫だ。新之助には早く奉行所勤めを勧めて、あの男のもとへ行くなと、なぜ、強く言えないのかしら。まったく子供には甘いんだから！

不満が高じて、茶碗《ちゃわん》を置く手に力が入り、ガン！　とつい大きな音を立ててしまった。
驚いた新之助や姑の真喜までもが、品を見つめた。
「どうしたのだ」
三左衛門が尋ねても、
「何でもありません」
品は素っ気なく返事をしただけで、食事を続けた。
だが、機嫌が悪いのは明らかだった。
やはり……そうなのか？　と三左衛門は思った。
〝女子は時々抱いてやらねば機嫌が悪くなるのです。抱いておやりなさい！　抱いて〟
榕庵の言葉が脳裏に甦ってきた。
品はアレを待っているのだ……！
だからあんなにツンケンしているのだ！
あれはわしへの合図なのだ。

そう確信した三左衛門は、知らず知らずのうちに、箸を置く振りをして、袂に潜ませた〝いきり丸〟を、そっと着物の上から触るのだった。

北町奉行所内。

詮議《せんぎ》の白洲《しらす》に縄で縛られた若い娘が、番人に追い立てられながら入ってきた。娘は神妙な面持ちだが、三左衛門の姿を見ると素《す》っ頓狂《とんきょう》な野太い声を張り上げた。

「あっちゃー、転ばんかあ」

三左衛門の側に控えていた、同心の市田作之介《いちださくのすけ》が声を荒らげた。

「こらっ、定吉《さだきち》！　口を慎め。転ばんとはなんだ、転ばんとは！」

定吉は首をすくめながら、

「すみません、つい。でも、間壁様なら、どうあがいても騙《だま》せないと思いやして……」

などと殊勝な様子で言う。

「ケッ！　この野郎、騙せると思っているのか、ああんッ？　顎に鬚《ひげ》が生えてるぞ」

作之介に指摘され、定吉は「あ、いやっ！」と恥ずかしそうに慌てて顔を隠した。

帳面を繰っていた三左衛門が、ゆっくり顔を上げた。

「だが、お前に騙された男たちもいただろう。どうだい、皆にいい夢みせてやったかい」

三左衛門に問われると、定吉の瞳が、見る見るうちに涙で一杯になり、

「はい、皆いい男たちでした。あたしのこと、好いてくれて、ご馳走《ちそう》してくれて」

「それで眠ったところを、金だけ持って逃げてきたのかい」

定吉は黙り込んだ。

「お前に騙された、弥助《やすけ》とかいう田舎者。変なことを口走っておったなあ。お前のことを、待っているとか何とか……そう申しておったぞ」

定吉が驚いて顔を上げた。

「あの男、先祖伝来の田畑を全部売りとばしたんだそうだなあ、お前のために」

唇をきゅっと引き結び、プイと横を向く定吉に、三左衛門は諭すように語りかけた。

「なあ、定よ。世の中には物好きな奴もいるもんだ。男でもいい、一緒にいたいと、思ってくれる者もいるのだからなあ」

しばらく肩を震わせていたが、やがてがっくりと頭《こうべ》を垂れた定吉は、

「申し訳ございませんでした。こうなりゃ、間壁様に全て白状いたします」

そう言って、よよよと泣き崩れるのだった。

ふたりのやり取りを、つぶさに見ていた作之介は内心呆れた。

やれやれ、さすがは転ばん、相変わらずの〝人たらし〟だな。たしか弥助は、「厳

罰を望む」とか言ってなかったか……？

泣く子も黙る奉行所の取り調べは、白状させるために、時には激しい拷問も辞さなかった。中でも吟味方与力の尋問はことのほか厳しく、塀の外まで大音声《だいおんじょう》が鳴り響いたほどだった。耳を突ん裂く怒鳴り声に、人々は恐れ戦《おのの》き、鬼とも蛇とも呼んで噂した。だからこそ三左衛門のように、脅しもせず声も荒らげず、上手く自白に導くのは、非常に珍しいことなのだ。

そんな三左衛門の鮮やかな手口に、部下の作之介は毎回のように舌を巻き、親しみを込めて〝人たらし〟と呼んでいたのだった。

昼になり、詰所にて休憩をとっていた三左衛門と作之介。作之介は、最近妻帯して、手づくり弁当を持参するようになっていた。

「うまい、うまい」

幸せそうに、愛妻弁当を頬張る作之介の姿を、横目で見ながら「いつまでもつかな」と、三左衛門は苦笑いした。

作之介はまだ知るまい。これからの夫婦関係いかんによっては、弁当の中身はいかようにも、変わるのだということを！

そのことをしかと覚えておくがよい！

　要らぬお世話と知りつつも、三左衛門はつい一言、後進に伝えたくなるのをぐっと堪《こら》えた。

　そこへ荒々しく戸が開くと、下働きの女が片手に土瓶、もう片方の手で湯呑《ゆの》みの入ったお盆をガチャガチャ鳴らしながら騒々しく入ってきた。痩せ細った初老の女で、首の皺が深く垂れ下がり、それが鶏の喉元にぶら下がる赤い肉ひだのようにも見えるのだ。

　女は、役人たちが思い思いに弁当を広げている目の前で、空の湯呑みをバン！と勢いよく机に置くと、大きな土瓶からなみなみとお茶を注《そそ》いだ。こぼれると、自分の首にかけた垢じみた手拭いで茶碗を拭った。

　バン！　バン！　バン！

　女が湯呑みを置くたびに、凄《すさ》まじい音を立てるので、男たちは何事かと振り返る。

　そうして茶を淹《い》れ終えた女は、再び肩を怒らせながらせかせかと歩いていくのだ。

　その後ろ姿を見送りながら、三左衛門は唖然としてつぶやいた。

「ありゃ一体何だ」

　作之介はチラと見て言った。

「ああ、あれは新しく雇った、茶汲《く》み婆《ばばあ》のおトラでさぁ。何でも、亭主を亡くして、上総《かずさ》から出てきたばかりだそうですよ」

そうか、亭主を亡くしたばかりか……。

三左衛門は腕組みをしながら、しばし考え込んだ。

おトラの垂れ下がった皮膚、無愛想にへし曲げられた唇、小さくて意地悪そうな目。

それらはまるで、婆《ばば》というよりは、もはや爺《じじ》とでも言ったほうがよさそうで……。

そうか、おトラ、お前もか……。

三左衛門は同情を禁じ得なかった。

色気や女らしさとは、もはやまるっきり無縁となってしまった婆。否、かつては女だったと思われる残骸《ざんがい》。

お前もアレが足らんのだなあ……。やっぱり、女子はたまには抱いてやらねばいかんのだなあ……。

おトラの様子にしみじみ感じ入った三左衛門は、知らぬ間に片方の手が袂へと伸び、その上から愛《いと》おしそうに〝いきり丸〟を撫でるのだった。

その夜。

寝る前に三左衛門は、榕庵からもらった秘伝の丸薬を一粒飲むと、寝所へと向かった。

品は寝ずに三左衛門を待っていた。

愛《う》い奴じゃ、わしを待っていたのかと、三左衛門は内心嬉々とするが、そうではなかった。

「あなた、お話があります」

三左衛門の顔を見るなり、品は甲高い声を張り上げた。三左衛門がしぶしぶ座ると、早速小言がはじまった。

「あなたッ、一体いつまで、新之助をプラプラ遊ばせておくおつもりですか。早く奉行所へ出るように、あなたからも強く言ってくださいな。そうでないと、そうでないと、あの子は……」

「なんだ」

三左衛門は訝《いぶか》った。

「あの子は、町医者になりたい！　などと言い出すかもしれませんッ」

それを聞くと、三左衛門は一笑に付した。

「まさか、そんなことはあるまい。新之助は、わしの子じゃ。この家の跡取りじゃ。医者などと言うはずがないではないか」

「そのまさかが起きたら、どうするのです！」

品は叫んだ。

「あの子が見習いに行かないのは、あなたが家督を譲らないせいだと、もっぱらの評判なんですよ」

それを聞くと、三左衛門の顔色がサッと変わった。

「誰がそのようなことを申しておる！　さあ誰じゃ、言うてみい。わしが引っ捕まえて、きっと仕置きしてやる」

品は言い淀《よど》んだ。

「誰がって……皆ですよ。町の噂になっているんです。とにかく、榕庵先生の所へ行かないように、あなたからもきつくおっしゃってくださいな」

一刻考えていた三左衛門だったが、やがておもむろに口を開いた。

「わしはこの通り壮健だ。仕事も今のところ順調に進んでおる。何の問題もないのじゃ。第一、わしが隠居せずとも、新之助が見習いに出ればよいだけのことではないか」

それができれば苦労はないんですよ！

品は心の中で罵《ののし》った。

あなたがきちんと引退しないから、新之助がいい気になって、遊び回っているんじゃないですか。どうしてそれが分からないのッ！

まるっきり状況を把握していない夫に、品はイライラした。

「まあ、新之助にはそのうち、わしのほうからちゃんと話すから」

三左衛門が言うと、

「そのうちって、いつですか！」品が鋭く返した。

「あなたが、そのうちにとおっしゃって、そうした試しは一度もありません！　今日こそは、きちんとお返事を伺っておかなければ、私も気が済まないのです」

ふだんなら、そろそろ言い負かされてしまう品も、今日に限っては珍しく、一歩も退かなかった。妻のあまりの語気の激しさに、三左衛門は思わずたじたじとなってしまうのだった。


それから半時あまり。

品はまだくどくどと喋り続けていた。今の話題はすでに新之助のことですらなく、過去の三左衛門の行状をあげつらっているのだった。

三左衛門はさっきから、いかに自分が無知で無能で、馬鹿で人に非《あら》ずで、そして子供たちに無関心だったかを、繰り返し繰り返し聞かされていた。けれどそんな風に口を酸っぱくして、声高に話す品の言葉のほとんどは、三左衛門の耳に届いてはおらず、雑音のように通り過ぎていくだけだった。

まったく女という者は、どうしてこうも昔のことを持ち出しては、ねちねちと言い暮るのだ。そんなことをしても何の得にもならぬのに。

だんだん嫌気が差してきた三左衛門は、退屈になりつい大きなあくびが出てしまった。

それを見逃さなかった品は、

「ちょっと、あなた、聞いてるんですかッ！」

さらに声が大きくなった。

「はい、はい、分かりました。話はこれで終わりです」

ここらがちょうど潮時だと思った三左衛門は、無理やり話を打ち切ると、満面の笑みを浮かべて品に向き直った。

「ところで、お品殿」と品の肩を抱いた。

「何、なんですかッ！」

品の表情がキッと硬くなる。

「いやいや、お前さんにも、アレが足らんのではないかと思うてな」

三左衛門は、笑みも崩さずそう言った。

「アレって何です？」

警戒を解かずに品は尋ねた。

「いや、女子はな、たまには抱いてやらねばならんと思うてな」

品は黙って聞いていた。

「でないと、ギスギスしてくると申してな、榕庵が――」

そこまで言った時、突然「キィーッ！」と鋭い動物のような鳴き声が一つしたかと思うと、品が力いっぱい、三左衛門を突き飛ばしていた。

「あ痛ッ！」

悲鳴を上げ、布団の上に転がる三左衛門を、仁王立ちとなった品が修羅の形相で睨みつけていた。

三左衛門が呆気にとられていると、興奮しているのか、品は唇をわなわなと震わせながら夫を見下ろしている。だが、やがて憤然と向きを変えると、何も言わずに自分の寝床へと入ってしまった。

「品？　お品殿……？」

三左衛門は訳が分からず、恐る恐る声をかけるが、品はピクリとも動かない。

所在無げにその背中を眺めていたが、妻があまりに動かないので、

「なんだ、寝ちまったのか……」

舌打ちしながら、三左衛門も自分の布団へと潜り込んだ。

しばらくすると、軽い鼾《いびき》が辺りに響いてきた。

その音にじっと聞き耳を立てていた品は、ひどく惨めな気持ちだった。もちろん、品は寝入ったのではなかった。悔しくてたまらずに、これまでの思いが渦のように、一気に胸に込み上げてきたのだ。

私は今までこんなにも、家庭が大事でやってきたというのに、夫にとって、そんなことはどうでもよかったのだわ。

障子の向こうでは風が唸《うな》り、木々がざわめいていた。

私がこれまで妻として、嫁として、この家でやってきたことは何だったのだろうか。朝早くから起き出して、食事の支度に、家族の世話、家の采配と、一日中目まぐるしく働いて、合間に来客の対応をして、難しい親戚《しんせき》付き合いもこなしてきたというのに……。

闇の中でただ一点だけを見つめる品の目尻には、いつの間にか光るものが浮かんでいた。

結局、夫には私の働きなど、何も伝わっていなかったというわけね。私の苦労など露ほども感じていなかったということね。

私の願い、それもほんのささやかな、夫婦ふたりっきりで旅をしたい、なんていうことも、まるで余所事。真剣に取り合ってくれる気配すらない。

新之助の将来だって、自分の仕事が第一で、息子に家督を譲るなど考えもおよばない。

それなのに、それなのに……品は歯噛みした。

夫はいつまでも、体だけは求めてくるのだ。もう私たちは若くもないというのに。

品は情けなくて、悲しくて、腹立たしかった。自分が哀れだった。

いつしか品の頭上を、真っ黒な雲が覆いはじめた。

私はいつまで、夫の都合のいい時だけ、夜の相手を勤めなければならないのだろうか。

一体、いつまで……。

そう思うと、品の胸にはポッカリと、大きな穴が開いたようになるのだった。


上様、あなたも？　ああ、男って……！


北見家の奥座敷。

今日はお華の稽古日だったが、品は朝から浮かない顔をしていた。

「痛ッ！」

思わず大声が出た。手元が狂い、鋏で指先を傷つけてしまったのだ。

それを見ると、隣に座っていた日里が、素早く手拭いを取り出して引き裂くと、器用に指に巻きつけてくれた。

「ありがとう」

品は、日里の手際のよさに感心するとともに、彼女の優しさに涙が出そうになった。昔の仲の良かった日里が、戻ってきたかのようだった。

「どうしたの、元気ないわね」

日里は心配そうに品の顔を覗き込んだ。その瞳には何の邪気もなく、ただ純粋に朋《ほう》輩《ばい》のことを気にかける、無垢《むく》の光が宿っていた。

それを見ると、突如として品の中で何かが弾け飛んだ。例えるなら、今まで自分を大切に守ってきた堤が、重みに耐えかね崩れていくような、または張り詰めていたものが、壁を越えて溢《あふ》れ出してしまうような、そうした音だったのかもしれない。

品は迷いつつ切り出した。

「実は……」

「うん」

「実は、夫とのお勤めが」

「うん、うん」

あくまで日里は穏やかで、いつもの刺々《とげとげ》しさはなく、愛情深く微笑んでは品の次の言葉を待っていた。

そんな友の態度に後押しされる形で、

「私、夫との夜のお勤めが、嫌で、嫌で、本当にどうすればいいのか、分からないのッ！」

図らずも品は大声で叫んでいた。

それは、これまでの思いが一挙に噴き出してしまったようで……。言い放った後、品は少しの間、放心状態になっていた。

けれどすぐに気恥ずかしさと後悔の念が頭をもたげてきた。やがて、とんでもないことを口走ってしまったと、赤面しながら身のすくむ思いがしたが、その感覚が徐々に薄れてくると、代わりにやってきたのは、「ああ、これでやっと自由になれる」といったような解放感だった。

胸底から沸々と湧き起こる大いなる喜びは、羞恥心《しゅうちしん》や悔恨を軽々と飛び越えて、「気持ちいいーっ」とさえ感じていた。

今までの溜《た》まりに溜まった胸のつかえが、ようやく下りた感じで――。

そう、品は何だか、清々《すがすが》しい気分だったのだ。

ところが、教室内はそうでもなかった。一瞬静まり返った女たちだが、やがて、

「えっ」

「まあ、嫌だ」

「羨ましい！」

などと蜂《はち》の巣を突《つつ》いたような大騒ぎになってしまった。

重ねて言うが、ここに集う女たちは決して身分の低い者ではない。皆、それなりに美貌も教養も兼ね備えた武家の奥方たちなのだ。だが、ことこの問題に関しては、皆、胸に一家言あると見え、何か言いたげにうずうずしていた。

とはいえ、誰もが最初に発言することが憚られ、互いに顔を見合わせながら、気まずそうに黙りこくっているだけだったが。

そんな中、

「まあ、随分とお優しい旦那様ですこと！」

口火を切ったのは、旗本夫人、高子《たかこ》だった。

高子は教室内では一番の年長で、どうも自分が皆を、正しく教え導かなければならないと考えている節があった。そのせいか、ここに通う面々の逸脱は許さず、人に物申す時には、ついつい説教口調になってしまうのだ。

「けれど品様、これは女にとって大事なお勤めですからねぇ。嫌だと申されましても……そこはほれ、我慢なさらねばねぇ。大体、そのお年でまだあるとは、まぁ仲のおよろしいことで」

最後は嫌味ったらしく苦笑した。

「そうですよ。求められる内が花ですよ。ひとりになったら、寂しいものですから」

しんみり語るのは、最近後家になったばかりの人。

「あら、私なんて、未《いま》だに週三回も。おほほほ！」

そう豪語された方のご亭主は、たしか八十に近かったはずだが……。

周りが少しざわつきはじめた頃、

「やだあ、私なら、そんなに求められると、逆に嬉しくなってしまいますわ」

ひと際黄色い、うのの声まで参戦してきた。

「私なども、ゆうべは御前様が〝可愛いのう、可愛いのう〟なんておっしゃって、それでとうとう、朝まで……」

そこまで言うと、きゃっ！　と袖で顔を隠し、恥ずかしそうにうふふと笑うのだった。

うのの、のろけ話に一同白けていると、腕組みをして考え込んでいた日里だけが、

「ふーむ、それは困ったわね」と、ひとり同情してくれた。

品は光明を得た気がして、パッと顔が明るくなった。

さすがは日里、よく分かっているわ。やっぱりこういった悩みは、同世代に限るわねと思ったが、日里はくだんの細い目で品をじっと見つめると、

「男が五十を越えるとは、そろそろ隠居の年ですよ。それでもまだ、妻を求めるとは

……うーん、言語道断！　お宅のご主人、早死にしますよ」

そう断言するのだった。

うっ！

品は言葉に詰まった。

日里に冷静に言われると、ぐうの音も出ない。

「そ、それでは、私は一体どうすれば良いのでしょうか」

品が怖々尋ねると、

「実はここだけの話、お城の御台様《みだい》もそれでお悩みなのですよ」

日里が急に声を潜めた。

「えっ？」

「ひっ！」

女たちは、口々に小さな悲鳴を上げて、慌てて口元を押さえた。

「御台様も……？」

にわかには信じられない話だった。

日里はさらに小声になる。

「そうなのです。実は私の親戚に、大奥の広敷用人《ひろしきようにん》を勤めている者がおるのですが、その者が申すには」

いつの間にやら、皆、聞き漏らすまいと、日里を取り囲み、必死に顔を近づけている。

「皆様はなぜ、大奥にあれだけのお側仕えがいらっしゃるとお思いで？」

女たちは顔を見合わせた。

「そ、そりゃあ、将軍様ですからね。この国で一番偉いお方ですもの。女人がたくさんいらっしゃるのは当たり前ではございませんか」

高子が答えると、

「そうですよ。お世継ぎもたくさん産まないといけないし」

うのも傍らから口を出す。

日里は首を横に振った。

「何をおっしゃいます！　あれは御台様の御意向なのです。というのも、私の親戚が申すには、ある時偶然にも、上様からのお手紙を読んでしまったそうなのです」

皆の表情が一気に強張《こわば》り、緊張が走った。けれど水も漏らさぬよう、じっと口里の次の言葉を待った。

「そこには、なんと？」

誰かのごくりと唾《つば》を呑む音がする。

「そこには」

日里はひとりひとりの顔を見渡しながら、

「〃お前と、したい、したい〃と書かれてあったそうなのです！」

それを聞くと、「いやっ」誰かが叫ぶ声がした。

さらに女たちの、ほーっと息を吐く音が聞こえてきた。

日里は続けた。

「御台様は、夜のお勤めが辛くて、辛くて……。それでご自分の代わりに、側女《そばめ》たちを用意しているのです。上様は、本当は御台様だけにお相手をして欲しいのですが、御台様がお年を理由に御辞退申し上げているのです。なんといっても大奥では」

日里は、急いで息を継ぎ、

「三十路《みそじ》過ぎれば、アチラのほうはお役御免ですからね」

その時、女たちの輪の外から、「ひーぃぃぃぃ！」という叫び声が聞こえてきた。見ると、師匠の藤野が白目を剥いて倒れているではないか。

「先生ッ」

「藤野様！」

皆が慌てて駆け寄った。

藤野は元御殿女中。男子禁制の花園で、この年になるまで独り身をかこっていたので、このような話題は少々刺激が強すぎたようだ。

あるいは、彼女の元上司である将軍様や御台様を貶《おとし》めるような、下世話な噂話に怒り心頭、思わず気を失ったのかもしれなかったが……。

日里は品を振り返ると、真顔で言った。

「品さん、もしあなたが本当に辛いのなら、ご主人のために妾を用意するというのも一つの手ですよ」

「えっ、でも……」

戸惑う品に日里は重ねて、

「御台様は、上様とのお勤めがなくなった時、本当に晴れやかなお顔になられたそうよ」

それでも迷っている品に、

「世間には、妾を紹介してくれる周旋屋もあるのです。そんなに困っているのなら、そうなさい」

ときっぱりと言うのだった。

日里から衝撃的な話を聞いた後、しばらく品の脳裏からそのことが離れなかった。

妾……？　いや、でも……。

そんなことはあり得ない、と思いつつも、いつの間にか品の思考はそのことについて、堂々巡りをはじめるのだ。

安囲いの女

「間壁様、お聞きになりましたか」

奉行所に出仕したばかりの三左衛門を見つけると、作之介が目を輝かせながら廊下をすっ飛んできた。

「何事だ」

怪しむ三左衛門を、作之介は隅っこのほうへ引っ張っていき、辺りに人がいないかどうかを確かめると耳元で囁いた。

「何ッ、妾?」

思いがけない言葉に、三左衛門は聞き返した。

作之介は嬉しそうに、「はい」と答えた。

「実は私もたった今、聞いたばかりなんですが、なんでも定町廻《じょうまちまわ》りの戸田《とだ》や鷲見《わしみ》が、南町奉行所の同心らを誘って、安囲いの女を囲ったんだそうですよ。ったくあいつら、何てことを……。いやあ、羨ましいッ!」

最後は自然と大声になった作之介に、三左衛門は複雑な表情を浮かべた。

近年、財力のある男たちは、妾を一軒家に住まわせていたが、金のない男たちは、ひとりの女を何人かで囲うことが流行っていた。それを安囲いと言った。

たくさんの男が一度に出入りをしたら、いずれかち合う場面も出てくるのではないかと思うのだが、そこはそれ、彼らが重ならないように、妾のほうで上手く調整して捌《さば》いたのだという。

戸田や鷲見は、まだ三十半ばの若い同心だが、そうか、妾を雇ったのか……。彼らの脂下《やにさ》がった顔を思い浮かべると、三左衛門は、どうにも面白くなくなるのだ。

「妾なんぞ雇いやがって！」

帰る段になっても、三左衛門の憤りはまだ消えてはいなかった。

仮にも奉行所の役人でありながら、妾を雇うとは、しかも何人かで雇うとは、何事だ！

考えれば考えるほど、腹に据えかねた。

だが、しばらく歩いているうちに、同心たちがどんな女を囲ったのかが、やはり気になってくる。どうせあいつらが雇えるとしたら、年増か、はたまた年季の明けた遊女あがりくらいだろうが……。

悩んだ末、とうとう三左衛門は好奇心を抑え切れずに、ちょっとだけ外から覗き見することにした。

主人が急に、屋敷とは反対方角へ進路を変えたので、供の八助《はちすけ》は驚くが、「構わん。時には遠回りしようぞ」などとうそぶいて、どんどん先へと進んでいった。

目指す長屋はすぐに見つかった。

三左衛門が通りから覗くと、赤ん坊を背負った長屋の女房たちに交じって、柳腰のほっそりとした女が家の前を箒で掃いていた。

黒々とした髪を銀杏返《いちょうがえ》しに結い上げ、首の後ろには数本の後れ毛がかかっている。縞《しま》の着物に黒襟をかけ、緋縮緬《ひぢりめん》の帯を締めた前垂《まえだれ》姿もなかなか初々しい。女は噂で聞いていたよりも若く、見ようによっては茶屋の看板娘にも見えるのだ。だが、女が塵《ちり》を拾おうと屈《かが》んだ時に、着物の裾から白い脛《はぎ》が艶《なま》めかしく見え隠れして――。

三左衛門の息が思わず止まった。

数秒ほど経っただろうか。ふと我に返ると、三左衛門はぼんやりした頭を抱えたまま、キョロキョロ辺りを見回した。そして、誰にも見咎《みとが》められぬよう、その場をそっと離れるのだった。

第三章　八丁堀妾騒動

野掛け

春の訪れとともに、まだ薄暗いうちから起き出した人々が、風呂敷に包んだ重箱や大きな土瓶、敷物といったものを提げ持ち、出掛ける姿があちらこちらに見受けられるようになる。

これを野掛けと言った。

彼らは、今を見頃と咲き誇る桜並木を見るために、飛鳥山《あすかやま》や御殿山、隅田川の堤を散策したり、あるいは郊外の野山で持参した弁当箱を広げたりした。

重箱の中には、それぞれに工夫をこらした家庭の味が詰まっている。

蒟蒻《こんにゃく》や牛蒡《ごぼう》、豆腐の煮染めや蜆《しじみ》の和《あ》え物、鯔《ぼら》の焼き物に香の物など、前日や早朝から、一家の主婦たちが腕を振るった色とりどりのおかずが所狭しと並べられていた。

間壁家でも以前はよく、暖かくなると、下男下女の奉公人まで引き連れて野掛けをしたものだ。

花見の場所へ着くと、至る所に大店《おおだな》の奥方や娘たちが、幾枚もの色鮮やかな小袖を木と木の間に吊《つ》り下げて幕の代わりにしており、桜の美しさと相まって、それはそれは豪勢な光景だった。

その頃は正月を過ぎたあたりから、娘の凜と一緒に、花見のためにと金銀の刺繡をあしらった新しい小袖まで作って、春を心待ちにしていたものだが、娘を嫁に出してからは、季節季節の行事に出掛けるということも滞りがちになってしまった。

代わりといってはなんだが、孫の成子が生まれたのを機に、品は庭の片隅に山桜の若木を植えておいた。それが今年は小さな花を付けたので、凜や成子を呼んでささやかな祝宴を開くことにした。

当日の昼近くになると、品は忙しく庭に床几《しょうぎ》や敷物を敷いて酒やつまみを出した。出入りの魚屋に頼んでいたら、丁度初鰹《はつがつお》が手に入ったと言うので、刺身にして持ってきてもらった。

小鯵《こあじ》は前日に酢でしめておき、握り寿司《ずし》にした。すり潰した胡桃《くるみ》を練り入れた蒲鉾《かまぼこ》豆腐、筍《たけのこ》の煮つけ、海老《えび》とソラマメの和え物のほかに、卵とすりおろした山芋を合わせて茶碗蒸しにした玉子半辨《はんぺん》で春らしさを添えた。

仕上げに、成子のために玲瓏《こおり》豆腐を作ってやった。これは豆腐を寒天でくるみ、冷やしたもので、大人は辛子と酢醤油《すじょうゆ》をつけていただくが、子供には黒蜜《くろみつ》をかけてやる。こうすると甘い菓子になり、成子は喜んで食べるのだ。

品はこれらのご馳走を、下女のお熊とおミヨを使って朝から用意した。

お熊は間壁家に勤めはじめて、かれこれ六年になる。もとは下総《しもうさ》の国で百姓をしていたというが、どういう経緯で江戸に出てきたのかは不明だった。けれど品がそれらをいちいち詮索することなどなかった。

奉公人は一年契約が多いので、大概は慣れた頃に辞めていく。お熊のように長く居付き、主人とも気心が知れ、色々と先回りしてやってくれるのはありがたかった。しかめっ面で愛想のない中年女だが、品はその裏表のない性格を気に入っていた。

小女のおミヨのほうは、お熊と同じ村の出で、行儀見習いのためにお熊を頼って、江戸へ出てきていた。色の黒い手足の長い娘で、今度の冬に年季が明けたら、村へ戻って祝言をあげる予定だった。

出来上がった料理を、下女たちに命じて庭に運ぶと宴の用意が整った。

風もなくうららかな日の午後だった。

庭の木にシジュウカラが止まり、春を謳歌《おうか》するように軽快にさえずっている。桜の花を愛《め》でながら、三左衛門や品は言うに及ばず、姑の真喜、凜、成子、新之助までが一堂内揃い、賑やかに祝杯をあげるのはなんと久しぶりなことか。

このところ、家族がこんな風に集うということがなかったので、重箱を突っつき料理に舌鼓を打つ皆の姿を眺めるうちに、何だか品には胸に込み上げてくるものがあった。

朝から目まぐるしく働いた疲れも、これで一気に吹き飛ぶような気がしていた。

「おいしい！　母上、これはどうやって作るのですか」

ふだんは砂糖をもう少し控えたほうがいい、などと味にうるさい娘も、今日はどうしたことか素直に母親の腕を褒めるので、こそばゆくもあり、また心地良くもなるのだった。

少し離れたところでは、下女のお熊やおミヨも敷物の上に座っており、白髪頭の下男の八助の姿も見える。

八助は先代の頃より勤めている独り者で、ここに骨を埋めるつもりだと常々周りに公言していた。もちろん、品たちもそのつもりであった。それが長年、家族同然に勤めてくれた雇い人に対する報いだと考えていたのだ。

これら奉公人たちは、敷地内に建てられた奉公人部屋へ、男女別々に部屋を与えられていた。

食事が終わると、成子を囲んで鬼わたしが始まった。鬼役の新之助やおミヨに遊んでもらいながら、成子は小さな手足を必死に動かし逃げ回っている。

キャッキャ、キャッキャと笑う姿が何とも言えず可愛らしくて、品は手を叩きながら、隣に座っている三左衛門と思わず顔を見合わせた。

酒を呑み、ほんのり頬が赤くなっている夫のほうも、珍しく目を細めて孫娘の姿を追っており、それを見る品もまた、幸せな気持ちに浸るのだった。


その夜のことだった。

すっかり寝静まった屋敷内。昼間の疲れからか、品はぐっすり寝入っていた。そこへ、寝ていたはずの隣の布団からヌーッと手が伸びてきた。

「のう、品……」

「ううん」

品は寝たふりをしてかわそうとするが、今宵《こよい》の三左衛門の手は、どうしたことかねちっこい。

「のう、のう……」と迫ってくる。

「ううん、ううん」

品もわざとあっちへごろり、こっちへごろりして体を動かし避けていたのだが、あまりの執拗さに耐えかねて、しまいには怒りが爆発してしまった。

ええぃ、うるさい！

なぜこの男は、私をゆっくり寝かせてはくれないのかッ！

あなたには私が皆のために、朝から一所懸命働いてきたことが分からないのッ！

心の中でそう叫ぶと、布団の中に入ってくる三左衛門の手を、ハッシ、ハッシと無言で撥《は》ね退けはじめた。そうやって、しばしふたりで揉み合っているうちに、突如、音もなく障子がすーっと開いた。

品が驚いて見ると、

「婆様《ばば》、おしっこ」

寝ぼけ眼の成子が顔を出した。

その瞬間、品の顔からサーッと血の気が引いた。

まさか成子は、今のを見てしまったのではないか！

今のふたりの組んず解《ほぐ》れつを？

そう思うと品は、

「いやーっ！　こ、この、獣《けだもの》ーッ！」

とありったけの力で、三左衛門を撥ね飛ばしてしまった。

ガン！

勢い余って、三左衛門が壁にぶつかる音がした。

間髪容れずに、布団から躍り出た品は、倒れている三左衛門の前にすっくと立ちはだかった。夫が起き上がった時に、再び蹴《け》り上げ叩きのめすためだ。

成子はと見ると、奇声とともに、いきなり祖母が布団から飛び出してきたことに恐れ戦き、丸い目をいっそう見開いて、声も立てずに固まっている。

だが品は、孫娘に絡み合っているところを見られた屈辱で打ち震え、怒髪天を衝《つ》いたまま、いつまでも構えを解かずにいた。

一方の三左衛門はというと、今頃になって酔いが回ってきたのか、床に伸びたままの恰好で、何やら寝言をつぶやいていた。

「よいではないか、ケチ！」

「減るものでもあるまいし」

などと言いながら、そのうち大きな鼾をかきながら寝入ってしまった。

そんな夫の不様な姿を、冷めた目で見下ろしながら品の心は、妙に冴《さ》え冴《ざ》えとしていた。もはやこんな酔いどれ相手に、話すことなど何もないと思った。

品は静かに決心した。

もう二度と、この男の夜の相手はしない！

私は夫に妾を用意する！　と。

妻の企み

そんな出来事があった翌日から、品は三左衛門とは寝室を別々にした。品の堪忍袋の緒が切れて、金輪際夫とは一緒にいたくなかったのだ。側にいるのも嫌だし、同じ部屋の空気を吸うのも我慢できなかった。

最初のうちは、布団一枚敷いただけの自分の部屋が、随分広いような気がして落ち着かなかったが、そういう心細さにもじき慣れた。

何より、ひとりで寝るのは独身以来久しぶりで、誰にも遠慮や気兼ねをせずに、手足を自由に伸ばせるのが良かった。もう、鼾や寝相の悪さを気にしなくてもいいのだ。

これはもちろん、お互いのだったが……。

当初三左衛門は、品がすぐにでも戻ってくるだろうと高を括《くく》っていたようだ。しかしいつまで経っても寝所へ帰ってこないので、しばらくすると諦めてしまったのか、そのことについて触れることもなかった。

三左衛門が何も言わないので、品はシメシメと、独り寝を思う存分楽しんでいた。

ある日、品は日里を家へ呼んだ。

駕籠を仕立ててやってきた日里を、品はただちに客間へと通した。そうして人払いをしたあと、日里のほうへゆっくりにじり寄った。

「この間の妾のお話。詳しく聞かせてもらえないかしら」

日里は驚いた。

「本当に考えているの」

だが品の目は真剣そのもの。微動だにせず日里を見つめている。品の決意が固いと知ると、日里の態度も改まった。居住まいを正すと、「いいですとも」と二つ返事で引き受けた。

女同士、日里には、並々ならぬ品の覚悟がすぐに伝わったようだった。


ほどなくして間壁家に、長吉《ちょうきち》と名乗る日里から紹介された口入屋《くちいれや》がやってきた。こざっぱりした身なりの小太りの中年男で、凡庸な顔立ちから、この男が右から左へと人を差配する、気の利いた仕事をしているようには見えなかった。

室内に入ると「早速ですが」と前置きしてから、長吉は持参した帳面を取り出した。

「ご主人様は、どのような女子がお好みでしょうか」

「そうねぇ」品は思案した。

やはり、年は若いのがいいわよね。色は白くて、痩せ型で小柄な娘。髪は黒々として、島田を高く結い上げているのが、健康的でいいわよねぇ。性格は穏やかで、明るくて、何でも「はい、はい」とよく言うことを聞いて――。

品は思いつくまま挙げてみた。

それからと、懐かしむように遠くのほうを見つめると、

「牡丹《ぼたん》の花のように、頰《ほ》っぺたがパアッと紅《あか》く染まる、恥じらいのある娘……」

そう独り言《ご》ちた。

長吉は熱心に、一言一句漏らさずに帳面につけていく。

「頰っぺたが、パアッと紅くなる、恥じらいを知る娘と」

長吉に復唱されると、何だか急に照れ臭くなり品は思わず赤面した。今まで語った理想の妾像が、どういうわけか自分の若い頃に似ていたからだ。

品が自嘲《じちょう》気味に笑っても、「他にはございませんか」と長吉は至って真剣な様子を崩さない。

少し考えていた品だが、やがてあっと気がついて、

「そうそう、夫にはもちろん、生娘を用意しておくれ！」

と固く念押しするのだった。

それから数日経ったある日、長吉が再び訪ねてきた。

もちろん、三左衛門が仕事に出掛けたあとのことだったが。

長吉は品に持参した釣り書きを見せた。そこには女たちの似顔絵が描かれており、余白には年齢や出身地、親の名前、背の高さや痩せ型、太り肉《じし》などの身体的特徴が書かれてあった。

パラパラと見ていた品だが、特にこれといって惹かれるような娘が見当たらなかった。

同じ絵師が描くからか、どれもこれも似たような丸顔に細い目ばかりで、格段違いがあるわけでもない。中には頬骨の尖った女などもいたが、これは論外で明らかに年を喰《く》っていた。

品はパタンと帳面を閉じると、長吉に文句を言った。これでは、誰が誰やら判別がつかないではないかと。もう少しちゃんとした物を持って来るようにと。

すると長吉は、困ったように頭を掻《か》き掻き、

「こちらさんのは条件が厳しくて……。特に生娘というのがねぇ」

などとぼやきながら、帰っていくのであった。

それが起きたのは長吉が帰ってからのこと。品が座敷でひとりお茶を飲み、くつろいでいた時だ。どうしたことか品の体内から、徐々に嬉しさが込み上げてきたのだ。

それはいわば、久しぶりに自分自身の力が甦ってくるような、腹の底から沸々と活

力がみなぎってくるような感覚で——

いけるかもしれない！　訳もなく品はそう思った。

自分ひとりの力で妾を雇うことができれば、私にはもう怖いものなどない。夜の辛いお勤めをすることもないし、面倒なまぐわいからもいよいよ解放されるのだ！

これまではどこか絵空事だった妾を雇うという計画が、実際に長吉が似顔絵を持ってきてくれたお陰で、ぐっと現実味を帯びてきた。

そのせいか、品はたちまち気分が軽くなりうきうきしはじめた。そしてあろうことか、次に長吉が持ってきてくれる妾候補は、どのような娘なのだろうかと心待ちにするまでになっていたのだ。

品が毎日、あまりに楽しそうにしているので、新之助などは、

「どうしたのですか、母上。最近随分ご機嫌ですが」と目をパチクリさせていた。

姑の告白

品にはもう一つ、乗り越えなければならない壁があった。

それは姑の真喜のことだ。

姑にだけは先に妾の件を話しておき、許しを請うておかなければならない。でなけ

れば、あとでどんなお叱りを受けるやもしれないのだ。しかしそう考えれば考えるほど、品の気持ちは重くなり、際限なくどんよりしてくるのだった。

ある日、頃合いを見計らい、品は真喜の住んでいる隠居所へと足を向けた。屋敷の南側、庭の奥の塀沿いにその庵《いおり》は建っていた。

義母の棲《す》み家《か》にも小さな庭がしつらえてあり、そこへ真喜は自分の好きな草花を植えていた。

庭の真ん中には大きなしだれ梅が植わっており、周囲には、薄《すすき》、萩《はぎ》、福寿草など四季折々の植物が隙間《すきま》なく生えている。けれど今見ると、庭には雑草がくまなく生い茂り、このところ手入れをした様子が見当たらなかった。品は心が痛んだ。近頃、自分のことばかりにかまけて、姑を疎《おろそ》かにしていたのかもしれない。あとで八助にでも命じて、刈ってもらおうと考えた。

山茶花《さざんか》で作られた生垣《いけがき》を過ぎると、縁側で真喜が日向《ひなた》ぼっこをしている姿が見えた。膝には隣家の飼い猫、玉が乗っている。時々餌《えさ》をやるので居ついてしまったようだ。

ポカポカとした陽気だった。どこからともなく鶯《うぐいす》の力強く鳴く声も聞こえてきた。

品が声をかけると、真喜が「おや、珍しい」という顔をした。嫁が姑の住まいへ顔を出すのは、滅多にないことだったからだ。

隠居所はいつもひっそりとして、人の訪れる気配がなかった。

時折、実家の葛西家より親戚の者がやってきて、ご機嫌伺いをするくらいのものだ。寂しい独り暮らしの無聊《ぶりょう》を、姑はどうやって慰めているのだろうか。猫を話し相手に、日がな一日過ごしている真喜を見て、品は心配になるのだった。

自分が淹れると言ったのだが、真喜は「まあまあ、たまには」と譲らず、自ら沸かした茶を品に出してくれた。姑の淹れてくれたお茶を啜《すす》りながら、さて、どうやって話を切り出そうかと、品はさっきから思いを巡らせていた。

しばらく他愛のない世間話をしていたが、ふいに庭のほうから、ホーホケキョ、ケキョ、ケキョ、ケキョ――と、けたたましく鳴く鶯の声が聞こえてきて、その声に後押しされる形で、品はかろうじて口火を切った。

「実は、私もこの頃、めっきり体力が衰えてしまいまして」

「はい」

座布団の上にちんまり座っている義母からは、か細く弱々しい、吐息のような声が漏れ聞こえてきた。

品は改めて姑をまじまじと見つめた。真喜の声はいつものごとく消え入りそうだが、どうしたことか今日はそこに、艶《つや》っぽい潤いが含まれていたからだ。

品の脳裏に長らく忘れていたある記憶が、まざまざと甦ってきた。それは品が輿入れしてから間もなくのことだった。

ある時三左衛門の同僚たちが、屋敷へ遊びにきたことがあった。そこにはちょうど姑もおり、一緒に交じって宴会となった。すると日頃鍛えて体格も良いむくつけき大男たちが、義母がなにか喋るたびに、それまでの大声をやめてすぐに静かになったのだ。おまけに崩した足をきちんと揃えまでして、膝頭をくっつけ体を傾《かし》げる様子に、品は驚いてしまった。

男たちは酒の入った赤い顔をしながらも、姑のぼそぼそ喋る声を聞き漏らすまいと、一心に耳をそばだてている。彼らにすればそれは、自分の母に甘えるような仕草だったのかもしれないが、今よりもうんと若かった品の目には奇異に映った。その様子はまるで鬼が島の鬼たちが地べたに正座させられ、小さな桃太郎に叱られているようにも見受けられたからだ。

しかも鬼たちを、しどけない口元に引き寄せる、危うい魅力を放った桃太郎とでもいった感じで……。男たちの熱い視線を一身に浴びた真喜に、当時の品は、軽いやっかみさえ覚えたものだった。そして、声の小さい女は得だな、と思ったりした。

あの頃の姑はたしか、今の私と同じくらいの年ではなかっただろうか？

品がそんなことを思い返していると、そう言えばと気がついた。

姑は趣味の俳句の会の集まりにと言っては、たびたび出掛けていた。やれ今日は誰それの屋敷で定例会だの、やれ今日は花火を眺めながらの船下りだの、と言っては近隣住人との交友を温めていた。

　それはいいのだが、誘いに来るのはどういうわけか、隠居した白髪《しらが》頭の爺さんばかりで、皆一様に、しまりのない顔つきでやって来るのだ。

　老人たちのニヤけた顔を見るたびに、品は昔〝姫様〟であった姑が今も変わらず、彼らの憧れの的であることを思い知るのだ。

　もしかすると、義母はまだ女として、現役なのかもしれない？

　童女のように無邪気に微笑む姑の、ほんのり薄い朱色の唇を見ると、品は思わずめまいを感じるのだった。


「それで、あのう……私ももう年でございますから、そろそろ夜のお勤めのほうから解放されたいと、そう思っているのでございます」

　老女に感じた敗北感を追い払うように、軽く咳払いをしてから品は早口で喋った。

　それ以上に、言いにくいことは早めに言ってしまえ、という魂胆でもあった。

　品の言葉を聞くと、真喜は押し黙った。

　姑が何も言わないので、品は少しためらうが、ええい、ままよ！　と構わず続けた。

「それで、私の代わりに誰か良き女子はいないものかと、探しておるところなのでございます！」

一気に言い放つと、品は亀の子のように首を縮めた。そして、どんなお叱りが来るのかと身構えた。

姑の目がキラリと光った。

「それはつまり、三左衛門に妾を用意するということか」

珍しく姑の口調が滑らかで、尖って聞こえた。

「は、はい」

今度は逆に、品が小さな声でうなだれる番だった。何と言われるのかヒヤヒヤで……姑の次の言葉を品はじっと待った。

ところが真喜は意外にも、嫁のほうへにじり寄ると、その手を取るではないか！

そうして面食らっている品の顔を見ながら、しみじみ語るのだった。

「お前様も苦労なさいましたな」

「へっ」

てっきり、怒られるかと思っていた品は驚いてしまった。

まるで狐《きつね》につままれたように、目をぱちくりさせている嫁に、

「私も、私も、同じだったのですよ」

姑はそう言って、何度も何度も大きくうなずいた。

「えっ」

品は絶句した。

ええーっ！　義母上《はは》も⁉

ようやく意味の重大さに気づいた品は、ただただ真喜の顔をまじまじと見つめるのだった。

女たちの共闘

聞けば姑も、舅善兵衛の精力の強さには辟易《へきえき》したという。

「この家の男どもは、代々強いのでございます」

真喜は溜息をついた。

「なので、新之助の嫁には、くれぐれも体の丈夫な娘を用意せねばのう……」

などとのたまうのだ。

品はもう何も言えなかった。

よもや姑の真喜までもが、自分と同じ悩みを抱えていたとは……！

張り詰めていた気持ちがいっぺんに抜けるようだった。

しばらく品が呆《ほう》けていると、

「私なども夫には、ほとほと手を焼いたものでございます。毎夜毎夜迫られて……本当に困り果てました」

いつの間にか、姑がそんな告白をはじめたので、品は慌てて顔を伏せた。何だか聞いてはいけないような気がしたのだ。

「大体、死ぬ間際まであんなに激しく動くとは、正気の沙汰《さた》ではございません！　心の臓が弱っているというのに！」

次第に真喜の語気が荒くなった。

神妙に聞いていた品は、ギョッとして顔を上げた。

えっ、死ぬ間際まで？

たしか舅は、寝ている時分に心臓が止まって、急死したと聞いていたのだが？

「〝若夫婦なんぞには負けられん！〟とか何とか言って、頑張り過ぎたのね」

真喜は諦めたように溜息をついた。

まさか……！　品は震えてきた。

で、では、義父上《ちち》は、義母上との交わりの最中に――

ごくんと唾を呑んだ。

逝かれたというのか！

自分を凝視している品に気づくと、真喜は「あら！」と袖口を口に当て、いたずらっ子のように笑うのだった。

あの舅がねぇ……。

半ば放心状態にある品には、剛直そうな善兵衛の顔しか思い浮かんでこなかった。

そんな振る舞いなど一切見せる気配すらなかったのに、人間って分からないものねぇ……などと品がつくづく感心していると、

「だから、私には品さんの気持ちがよく分かりますよ。妾を雇いたいという、お気持ちも」

改めて真喜は慈愛に満ちた眼差しで、嫁を見つめるのだ。

未だかつて、姑からこんな優しい言葉を、かけてもらったことがあったであろうか。

「母上……」

こんなにも温かな思いやりを……。

品も真喜の手を握り返した。

「そ、それでは、妾の件、承知してくださるのですか」

「もちろんです。今までのお勤め、真にご苦労様でした。これからはご自分のお体を大切にするのですよ」

真喜はそう言うと、嫁に深々と頭を下げるのだった。

妾を持ちたいと、姑に打ち明けてからというもの、ふたりの女は妙なところですっかり意気投合してしまった。嫁と姑がこんな風に心を通わせるのは、品が嫁に来て以来かもしれなかった。

それればかりか今では、長吉から渡された妾候補の釣り書きを抱えて、品はいそいそと隠居所へ出向き、姑と一緒に品定めをするのが常となっていた。

真喜も、ふだんの物静かな様子とは一転、ことこの件に関しては興奮気味となり、上ずった調子で意見を述べたりするのだ。

ああだこうだと言い合いながら、三左衛門にふさわしい妾を選ぶのは、この男を一番よく知る女たちだからこそで……。

それはそれは、楽しいひと時であった。

最初はふたりして、美人で気立ての好《よ》い娘を探していたのだが、ある日真喜がハタと気がついた。

「品さん、駄目よ、こんな若い娘じゃあ。三左衛門が本気になったらどうするの」

その言葉に品もはっとした。姑の意見はもっともだった。

若い頃ならいざ知らず、現在の品には体のあちこちに余分な肉がたっぷりついているのだ。肌の張りや髪の艶だって失われている。そんな自分と若い妾を比べたら、そりゃあ誰だって妾のほうがいいに決まっている！

そう考えると品は、三左衛門が好きにならないような娘を、選ばなければならないと思い直した。

改めてそんな目で、ふたりして帳面をめくってみると、ある箇所《かしょ》で真喜の目が留まった。

「品さん、これはどうかしら」

姑から見せられた似顔絵を覗き込むと、

「！」

品は衝撃を受けた。

何度も釣り書きを繰っているが、これは端っからあり得ないと、歯牙《しが》にもかけなかった娘だった。けれどしばらく眺めているうちに、じわじわと品の顔に笑みがこぼれてきた。

うん、大丈夫。この娘なら、夫は絶対に好きにならない。好きになることなんてあり得ないわ！

品が自信を持って、そう断言できる容貌だったのだ。

そして、もし夫がこの女を見たら、一体どういう反応をするだろうと、品は想像するだけで笑いを堪えきれなくなるのだった。

妾の名は〝野にふる雪〟

結局、品が選んだ娘は、武蔵《むさし》の国の百姓女で名を雪野《ゆきの》といった。年は十八。

「珍しいわね、こんな名前をつけるなんて」

品は少し驚いた。

百姓の娘につける名前は、ウマ、ウシ、シカ、トリ、シシ……など、動物からとることが多かったからだ。

なんでも雪野が生まれた晩、喜んだ親爺《おやじ》が外へ駆け出すと、月に照らされた田畑が一面の雪景色で……、それでこんな風流な名を授けられたということだった。

だが長吉に連れられて、最初に屋敷へ目見えに来た時、「こりゃ、完全な名前負けだわ」と品は思った。

美しい名とは裏腹に、雪野は色の黒い山出しで、背が低く、小太りの体に短い手足がついていた。満月のようにパンパンに膨らんだ健康そうな顔には、突き出した額、その下にはぎょろりとした目玉、低く潰れた獅子《しし》っ鼻《ぱな》がつき、髪は豊かだが針金のように硬くてごわごわしていた。

娘に優美な名をつけた父親は、数年後に生活が行き詰まると、言い含めて妾奉公に出したらしい。

けれど、品は雪野を一目見て気に入った。これなら決して、夫が夢中になることはないだろう、と思ったからだ。

先祖代々、生まれも育ちも江戸っ子の三左衛門が、雪野のような野暮を好くはずがなかった。だからこそ、品はわざとそういう娘を選んだのだ。

すぐに雪野を雇い入れることにした品は、その場で長吉と証文を交わした。契約は三ヶ月、料金は支度金も合わせて七両、良ければ次も継続するという形にした。

後日、正式に妾奉公に上がった雪野に向かって、品は懇々と言い聞かせた。

「よいか、お前を雇ったのは夫ではなく、この私です。ですから、旦那様との寝屋での出来事は、逐一私に報告するのですぞ」

雪野は小さくなって畏《かしこ》まると、「へえ……」と間の抜けた返事をした。

分かっているのか、いないのかは、そののっぺりとした表情からは読み取れないが、品はこんな状態で大丈夫かいなと、少々不安になるのだった。

雪野には、奉公人部屋の一角をあてがうことにして、早速お熊を呼んで紹介した。

「この娘は雪野。今日から一緒に住むので頼むわね」

品が目配せをすると、お熊も心得たもので、顔色一つ変えずに頭を下げる。

「承知しました」

お熊には、雪野を雇う理由は話してあったが、そんな素振りはからっきし見せずに、雪野を伴い出て行くのであった。


その日の夕食時。

妻から新しく下女を雇ったと聞かされた三左衛門は、さして気に留めることもなく「お前さんの良いように」と返事をした。

家の采配は、万事品に任せてある。男が口出しすることではなかった。それに最近の品は、体が辛いとよくこぼしていたから、家事の負担を減らすためなら致し方ないと考えていた。

品とはあの宴《うたげ》の晩以来、寝所を別々にしていたが、特に問題にはしていなかった。

「なあに、いつもの癇《かん》の病だろう」くらいに思っていたのだ。

妻の品は頭も良く、気立ても申し分ないのだが、ごくたまに癇癪《かんしゃく》を起こして誰にも手がつけられなくなる時があった。けれどしばらくすると、そんなこともあったかいなと思うくらい、ケロリとしているのだ。

品の怒りのツボや治まるツボが、どこにあるのかは家族の誰も知らない。永遠の謎だった。

だから三左衛門は、今度のことも何の心配もしていなかった。

癇の虫が治まれば、またいつものように照れ笑いしながら、品は枕を持って寝所に舞い戻って来るに違いない、そう踏んでいたのだ。

番所の中には、婚礼をあげたばかりで、すでに尻に敷かれている輩《やから》もいる。だがそれは三左衛門にとって、到底理解できるものではなかった。

大体世の中、男が本当にだらしなくなったと思う。息子の新之助などを見ていても、それは顕著だ。奴などたとえ女房をもらったとしても、何一つ文句も言えないだろう。今だって年がら年中、母親の尻ばかり追いかけているのだから。

ええい、みっともない！

三左衛門は嘆いた。

やはり女子に子育てを任せておいては駄目だなと、今更ながらに思うのだった。

女子なんてものには、このわしのように、いつでもビシッと押さえつけておりさえすればよいのじゃ。なまじ女に甘いから、付け入らせてしまうのじゃ！

「そうはいっても間壁様」

気炎を吐く三左衛門の傍らから、同心の市田作之介がおずおずと口を挟んだ。

「うちの嫁などは私が何か意見をしますと、泣くのでございます。もう弁当も作らぬ、などと申しまして……」

そう言っていつの間にか泣き言を並べはじめた。

馬鹿者め、三左衛門は呆れた。お主《ぬし》がだらしないから舐《な》められるのじゃ！　ろくに働きもせぬ嫁など叱りつけて終わりじゃ、そう喝破すると、作之介はとたんに大きく頭を振って、

「とんでもない、ちょっとでも機嫌を損ねると、たちどころに実家に帰られて、今度は舅やら義兄などが出てくるのです！　そして嫌味や当てこすりをさんざん言われたあげく、ネチネチ責め立てられるのです！　本当に私は、どうすればよいのやら……」

などと最後は溜息をつく始末で、三左衛門は開いた口が塞がらなかった。

まったく、いつから男子はこんなに軟弱になったのだ。嫁がどうした、女がなんだ！　男ならもっと気概を持て、気概を！　と情けなく思うのだった。

その夜、三左衛門が寝る支度をしていると、襖の向こうから微かに呼ぶ声がした。不審に思い開けてみると、そこには、白い寝間着を着た見知らぬ女が、平蜘蛛《ひらぐも》のように廊下に這《は》いつくばっている。そして「だ、旦那様、今日からよろしくお願いしますだ」と深々とお辞儀をした。

何事かと見ていると、やがて女は顔を上げた。

「ギャッ！」

それを見て三左衛門は堪《たま》らず叫んだ。

そこにいたのは、額の飛び出た土臭い百姓娘で、化粧のつもりか顔を真っ白に塗りたくり、その上から紅を赤々とつけ薄暗い廊下にいる様は、まるで化け物のようにも見えるのだ。

「お、お前は誰だ、ここで何をしておる！」

取り乱してつい大声になった。

「へぇ、今日から、お世話になります、雪野と申しますだ。旦那様のお世話をするよう言いつかっておりやす」

娘は再び頭を下げた。

「何ッ、世話だと」

怪訝《けげん》な顔をした三左衛門だったが、あっと気がついた。

妾か！

三左衛門は仰天した。

品が夕飯時に言っていた、新しく雇った下女とは、この妾のことだったのか⁉

衝撃が収まると、今度はムラムラッと怒りが込み上げてきた。

何だと！　品は自分がアレをしたくないばっかりに、この女をわしのもとへ寄越したというのかッ！　しかも、選《よ》りに選って、こんな、こんな、けものじみた娘を、わしに？

憤慨のあまり全身が熱くなる。

今思えば、どうも朝から品の様子がおかしかった。やたら嬉しそうにニヤニヤしたりして。しかも、下女の話をする時の意味深な含み笑いといい……。そんなものが突如まざまざと思い起こされてきて、三左衛門の腸《はらわた》は煮えくり返った。

「帰れ！」と頭にきて下女を追い返すと、布団の上にドカッと座った。

おのれ、おのれ、品め！

三左衛門の怒りは、なかなか収まりそうもなかった。

そしてどうしてくれようかと、腕組みしながら考えていたので、とうとう一睡もできずに夜が明けてしまった。

翌日、朝食の席で、苦虫を嚙み潰したような三左衛門の顔を見ると、品は噴き出しそうになった。

してやったり！　内心、快哉《かいさい》を叫んでいた。

夫の顔は一晩ですっかりやつれ、目の下には隈《くま》が出来ていた。寝ていない証拠だ、ざまあみろ！　今まで散々私を酷《ひど》い目に遭わせてきた罰だ。もっと苦しむがいいわ！

品は心の中で嘲笑《あざわら》った。

ふたりは台所で、膳を挟んで向き合っているというのに、目も合わさない。おまけに用事があるときは、それぞれがお熊に言いつけた。

「お熊、お代わり」

三左衛門が茶碗を差し出すと、

「お熊、旦那様は食べ過ぎだとおっしゃい」

品が即座に返答をする。

夫婦が呼ぶたびに、お熊は面倒臭そうに「はい、はい」と生返事をするのだった。

「いってらっしゃいませ」

何食わぬ顔で、いつも通りに品が玄関まで出て見送るが、心なしか面持ちが悦に入っているようにも見える。

「うむ」

三左衛門も鷹揚《おうよう》にうなずき、供を連れて門を出た。だが表へ出たとたん、見る見るうちに顔が怒気で紅潮していった。

妻の意図はよく分かった。これはわしへの挑戦状なのだ。わしを試す算段なのだ。

こしゃくな、今に見とれ!

三左衛門は品への復讐《ふくしゅう》を誓うと、のっしのっしと大股《おおまた》で歩いていくのだった。

奉行所へ到着すると、もう何人かの同僚たちは席に着き、おトラ婆の淹れたお茶を飲みながら談笑していた。

「これは間壁様、おはようございます」

定町廻りの同心、戸田十兵衛が立ち上がって挨拶をした。

戸田は色黒の、疱瘡跡がぼこぼこと穴の開いたような顔をした不細工な男だが、今朝はどうしたことか、頬のあたりがほんのり赤く上気しているではないか。

その面を見ると、三左衛門は余計に腹が立ってきた。

「どうせお主は、昨夜あの妾とともに、一晩中楽しんだことだろうよ」

そんな皮肉が、思わず口をついて出そうになった。

三左衛門はいつぞや見た、戸田や鷲見が囲っているという若い妾の姿を思い出していた。

襟足の細さが何ともいえず色気のある女だった。白い肌は抜けるようで、清潔感に溢れていた。それに比べて、このわしは……。深夜自分の寝所に、忍び込んできた雪野が脳裏に浮かんだ。おかしな化粧を施した、顔幅がやたらと広い醜い娘で……。

そう考えると、またもや胸がムカムカしてきた。

「十兵衛殿、定町廻りがこんな風に、朝から油を売っていて良いものかのう」

三左衛門は、できるだけ刺々しく聞こえるように言った。

「は？　まだ見回りの時間ではござらぬので」

戸田が戸惑ったように答えると、三左衛門はいきなり大声を張り上げた。

「時間、時間と言うて、我ら北町奉行所の者は、いついかなる時でも、江戸の町を守るのが務めでござろう！　骨身を惜しんで働くのが礼儀じゃ。さあさ、つべこべ言わずに、とっとと町を巡回してまいれッ！」

しまいには恫喝《どうかつ》のようになってしまった。

それを聞くと、戸田は気が動転したようになり、十手を腰に差すと玄関へすっ飛んでいった。

三左衛門は少しばかり溜飲《りゅういん》が下がる気がした。

嫁の高笑い

あーっはははは。

あーっはははは。

ここは浅草山谷堀《あさくささんやぼり》。

今戸橋《いまど》にほど近い、高級料理屋八百善《やおぜん》の二階座敷である。先刻より開けっ放しの障子から、けたたましく笑う女たちの賑やかな声が聞こえてくる。品とお華の仲間たちだ。

山谷堀は箕輪《みのわ》から隅田川へと注ぎ込む水路で、堀伝いに日本堤をあがっていくと、突如として田んぼの中に不夜城が現れる。これが一晩で千両もの大金を稼ぐと言われた新吉原である。夜ともなるとこの土手には、遊郭へ向かってぞろぞろ歩く大勢の男たちや、水路を上るたくさんの猪牙舟《ちょきぶね》でひしめくのだが、今は、一、二艘《そう》がのんびり浮かんでいるだけだった。

八百善は多くの文人たちが足繁く通う、社交場としても有名だった。品たちが通された座敷も、畳は贅を尽くした高麗縁《こうらいべり》で、二間もの広々とした床の間には大輪の花が活けてあった。

水辺からは爽《さわ》やかな五月の風が吹き込み、近くの待乳山《まっちやま》の青々とした山の端《は》からは聖天宮《しょうでん》の屋根瓦が覗いている。

そんな風情を楽しみつつ、さっきから品たち女性陣は、次から次へと運ばれてくる豪勢な会席料理に目を丸くしていた。そして料理が並べられるたびに手を叩き、歓声をあげるのだった。

「今日は私のおごりよ、皆様、どんどん召し上がれ！」

お酒のせいでちょっぴり赤くなった品が、陽気な声を張り上げた。

今朝方急に思い立ち、品は使いをやって友人らに声をかけた。さすがに今日の今日では、人が集まらないかと思ったが、江戸で一、二を争う八百善での会食、しかもすべて品のおごりとあっては、参加しないわけもなく、結局六人もの仲間が足を運んでくれたのだ。

品はどうしてもこの喜びを、友人たちと分かち合いたかった。

夫、三左衛門に一矢報いた嬉しさを、今までずっと支えてくれた朋輩らとともに、祝いたかったのだ。だからこそ、少々無理をしてでも料亭に上がり込み、真っ昼間から大盤振る舞いをしているのだった。

初めに出てきた料理は味噌《みそ》の吸い物。次にきた口取肴《くちとりざかな》は、甘煮と切焼き肴の二ツ物、そのあと刺身へと続いた。海の物、山の物、野の物と吟味された新鮮な食材を使い、一品一品味が重ならないようによく工夫され、口に入れると旨味《うまみ》が広がった。盛り付けや器の見た目も美しく、これにはさすがに目の肥えた女たちも唸らざるを得なかった。

驚いたことに、これまで出た物はすべて酒の肴で、締めに出された香りある木の芽入りの汁で、まだ酒が残っている口の中を洗うのだ。

次に一汁一菜の飯が出てくる予定なのだが、女たちは「もうお腹いっぱい」「食べられなーい」などと言っては、すでに音を上げている。

最後には高級な煎茶《せんちゃ》と菓子まで、ついてくる予定だった。

皆がバテている中、品だけはいつまでも健啖《けんたん》で、大いに飲み食いし、「ちょいとお兄さん、灘《なだ》の生一本、みんなにつけてやってちょうだい」などと忙しく注文するのだ。


ひとり日里だけは末席に座り、静かに箸を進めていた。彼女はなぜか友人らの狂乱にも加わらず、冷やかな目つきで眺めているだけだった。

ほろ酔い加減の品が、日里に近づいてお酒を注いだ。

「日里さん、ありがとう。あなたのお陰で、夫をぎゃふんと言わせることができたわ。あっはっはーっ、いい気味だ！」

大はしゃぎで高らかに笑う品を、日里はまばたきもせず、いつもの細い目で見つめるのだった。


さて後日、品のもとへ届いたこの日の勘定書は、料理代やら友人らの送迎用の駕籠代まで含めると、締めて三両！　で……。

もちろん、それを見た品が青ざめたのは言うまでもなかった。

夫の企み

その夜、三左衛門は雪野を自分の寝所へ呼んだ。

廊下の隅っこで小さくなっている下女を招き入れ、改めて灯りの下で見てみると、

「うーむ、これは……」

やはり絶句した。

窮屈そうな着物を着て鯱《しゃちほこば》張っている娘は、昨日まで元気に野山を駆け回っていたが、無理やりここへ連れてこられて、分不相応な着物を着せられた、といった感がどうしても否めず、すべてがチグハグだった。

こうした者は町中で暮らすのではなく、すぐに野に放したほうがよかろう、三左衛門はそう思った。

「お前は何を言われて、この家に来たのか」

屋敷の主に問われて、雪野はしばらくの間、口をもぐもぐさせていたが、やっとこさ一言、「お父《と》っつぁんが……」と声を絞り出した。

「お父っつぁんが、何だ」

イライラして、つい三左衛門が怒鳴ると、雪野は身を硬くして黙り込んでしまった。

ああ、いかんいかん！　ここは一つ吟味と同じで、相手の調子に合わせてやらねば。

三左衛門はそう思い直すと態度を改めた。

今度は笑顔を作って、なるだけ優しく聞こえるように話しかけた。

「お前さんは誰に、何を言われてここへ来たんだい、うん？　良かったら話してみないか」

三左衛門の穏やかな物言いに安心したのか、やがて雪野はポツリポツリと身の上話を語りはじめた。


雪野は武蔵の国の百姓の娘で、母はすでになく、父親とふたり暮らしだった。だが父親が、博打《ばくち》で作った借金を返せなくなり、江戸で奉公に出る羽目になったという。

ここへはいわゆる周旋屋の紹介で入ったが、仕事は簡単で、旦那様の夜のお相手をするだけでいいと言われたそうだ。

また寝所での出来事は、全て奥様に報告するようにと命じられている、そこまで話したとたん、三左衛門の怒りにまたもや火が点《つ》いた。

おのれ品め、許せん！　わしに黙って妾を雇い、しかもこのような、このような……山猿を押し付けやがって！　そのくせ、寝所であったことを全て報告しろだと！

呆れた奴じゃ。どこまでわしを愚弄《ぐろう》するつもりじゃ、いい加減にしやがれッ！

最後には怒り狂い、握った拳《こぶし》がブルブル震えはじめた。そして、そのままの勢いで目の前にいる雪野を押し倒してしまった。

「キャッ！」

雪野は声をあげるが、構わず抱こうとしてふと目をやると、白い寝間着からはみ出た手足が、思いのほか黒くて太くて……。しかも虫にでも刺されたのか、醜い斑痕が全体に点々と広がっていて……。

それを見ると、三左衛門はゲンナリし、急速に気持ちが萎《な》えていくのだった。

やがて、やれやれと身を起こした。

何だか虚しかった。

女の寝間着も、布団の色も、行灯《あんどん》の明かりに照らされて白々として見えた。

雪野は観念したのか、倒れたままの恰好で目を瞑《つぶ》っている。心持ち唇が尖り、何かを待っているように見えるのは気のせいか……。

三左衛門は何もかもが面倒になり、寝ている雪野を叩き起こした。

「ええい、起きんか！」

驚いて飛び起きた雪野の目を見据え、三左衛門はこう命令した。

「よいか、これからはわしの言うことだけを聞くのじゃ。奥方には、わしの言う通りに報告するのだぞ！」

雪野は三左衛門の迫力に押されたのか、怯《おび》えたようにうなずいた。

翌日。

三左衛門が出仕したあとに、品は雪野を部屋へ呼び出した。昨晩の出来を確認するためだ。

すると雪野は、「へぇ……」としおらしく返事はするものの、顔を伏せたままもじもじするだけで、何も話さない。

その様子を見ていると、品の眉尻が一気に跳ね上がった。不吉な予感がした。

「これ、昨夜、何があったのかと聞いておるのだ！」

品の声がうわずっても、雪野は、「旦那様は……」と言いかけては、忍び笑いをする。品は怒りで髪が逆立ちそうになった。

ええい、イライラする！　早く言いなさいよ、早く！

不機嫌になった女主人を見ても意に介さず、雪野は恥ずかしそうに体をくねらせるばかりだったが、やがて大声を張りあげた。

「旦那様は、おらとなら何度でもやれる、そうおっしゃったあーだ」

「えっ！」

品は驚いた。

ま、まさか、まさか、夫がこの娘と？

すぐには信じられなかった。

「旦那様はやっぱり若《わ》けぇ娘は、ええだあ、ええだあ、おっしゃって。でも、そうしているうちにお体が動かなくなってしまって」

品は訳が分からずポカンとしていた。

「何とかというお薬を取り出してきて、飲んだんだあ。たしか榕庵の、い、〝いきり丸〟？　とか言っていたあーだ」

榕庵と聞くと、品のこめかみがピクンと動いた。

「そうしたら、あんれ！　まあたできるようになってえ。それで一番鶏が啼《な》くまで続けたあーだ」

雪野は嬉しそうに報告した。

「奥様、旦那様のこと、褒めてやってくだせぃ。よおく頑張ったあーだねと」

品のこめかみが、さらにピクピクと動いた。

「それくらい、昨夜の旦那様は……」

雪野はしばし思い出すような、恍惚《こうこつ》とした表情になり、

「良かったあーだよ」

雪野が溜息まじりでつぶやいた言葉は、すでに品には届いていなかった。

なぜなら、とっくに気が遠くなっていたからだ。

もちろんこれは、三左衛門が雪野を使って打った芝居だった。

物覚えの悪い雪野を叱りつけながら、一晩中かかって特訓した成果だったのだが、品はそれに、まんまと引っかかってしまったという訳だ。


その日の夕方。

奉行所から戻ってきた三左衛門は、玄関で出迎えた品には目もくれず、後ろを振り返り、「八助、これを」といつもなら品が受け取るはずの刀を下男に渡した。

八助が慌てて受け取ると今度は、「着替えを手伝ってくれ」と言うではないか。

品は驚いて三左衛門を見つめた。

結婚以来、夫の着替えは妻である自分の役目だったからだ。今までに一度たりとも、それを変えたことなどなかったのに……。

しかし夫は、品を無視するかのように、わざと視線を合わさず玄関に上がった。そうして品の前を通り過ぎる時、耳元で囁いた。

「礼を言うぞ、なかなかよい妾じゃ」

三左衛門の言葉に、品は目の前が真っ暗になる気がした。

怪物妾

翌朝、朝食が終わると、雪野が品の部屋へとやってきた。

雪野は品の前まで来ると、いきなりドスンと物凄《ものすご》い音を立てて座った。そして、

「おら、買い物に行きてえんです。旦那様が、何でも好きな物を買っていいとおっしゃったあーで」と言い出した。

その態度に悪びれたところは少しもなく、まるで当然だと言わんばかりだったので、品は叱るよりも呆れてしまった。

けれど雪野は、品の顔色を気にする風でもなく、

「おらは、まだ江戸見物もしておらんのです」

「旦那様のために、女磨きてえです」

などと言い募った。

座ってはいても開き気味の両膝に、がっちりとした太い指を乗せた雪野の、あまりに不恰好な様子を見ていると、以前の品なら少しばかりの同情も寄せたことだろう。

ずにいた。
だが、今となってはそんな姿も、なんと図々《ずうずう》しくて厚かましいのだろう、としか思え
それでも、夫の指示なら仕方がない。品はしぶしぶ言われるがままに、雪野に買い物代を渡してやるのだった。しかも、ひとりでは江戸の町を歩けないと言う雪野のために、お熊まで案内につけてやった。だがお熊なら、雪野を十分に監視してくれるだろう、そんな腹づもりもあったのだ。

日が暮れかけた頃、ようやく雪野が屋敷へ戻ってきた。

品の心配をよそに、疲れたのか、ちゃっかり駕籠に乗って現れた。お熊はと見ると、後ろから背中に大きな風呂敷包みを背負い、両手にたくさんの荷物を抱えて喘《あえ》ぎ喘ぎ走ってくるではないか。

雪野は駕籠から降りると、開口一番、

「いんやあ、おったまげたあー！　江戸にはどうしてこう男前ばかりが揃っておんだべや。おら、何度もけちまずきそうになったあーだよ」と機嫌よく言い立てた。

しばらくすると、お熊がぷりぷり怒りながら品のもとへやってきた。

お熊の話では、雪野はいきなり日本橋の大店、白木屋に入っていったそうだ。

「あの女、しょっぱなから白木屋に入ったんですよ、白木屋に！　身の程知らずもい

い加減にしなッ！　って思いましたがね」

お熊は興奮気味に喋りはじめた。

「値段も聞かずに、店の若い者に勧められるまま、絹や紗《しゃ》、簪《かんざし》なんかをいくつも買って。私がいくらお金が勿体《もったい》ないから、と言っても聞かないんですよッ。旦那様が喜ぶからとか、旦那様はこういう物がお好きだからって！」

品の顔色が変わったが、お熊は気づかない。

「あ、そうそう、これが今流行りだからって、手代に勧められたんですが、こんなものまで買ったんですよ！」

口角泡を飛ばす勢いで話していたお熊だが、風呂敷包みの中から取り出したのは、紅の容器だ。

「これを下唇に何度も何度も重ねて塗ると、玉虫色に光るんだそうです。なんて贅沢なッ！」

品にはもう返す言葉が見つからなかった。

雪野の日常は、至極のんびりしたものだった。

三左衛門が出仕した頃になって、やっとこさ起き出すと、台所でひとり食事をとり、あとはあてがわれた奉公人部屋で、滑稽本《こっけいぼん》や買い物案内などを眺めて日中ごろごろと過ごすのだ。

　時にはお熊が呼びつけられ、

「お熊さん、羊羹《ようかん》を買ってきてくんろ。あんれ、うまいがら」

などと頼んだりする。

そのたびに、お熊は顔を真っ赤にして、

「あんた、羊羹がいくらするのか知ってんのかい！　銀五匁だよッ」と怒り狂うのだ。

そんな雪野が急に活き活きと動き出すのは、昼八つ（午後二時）を過ぎてから。湯屋へ行くためだ。

　間壁家にも内風呂はあるが、昼間から沸かしてはいない。雪野は誰に教えてもらったのか、流行りの女たちがよくやる、手拭いをチョイと肩にかけ、洗い粉《こ》の入った赤い糠《ぬか》袋の紐《ひも》を口にくわえて、しゃなりしゃなりと湯屋まで歩いていくのだ。

「あれで江戸っ子にでもなったつもりかい」

　色気とは無縁の、雪野のずんぐりとした背中を見送りながら、お熊は呆れたように言うが、本人は粋に決めたつもりなのだった。

「色の白いは七難隠す」とはよく言ったもので、雪野も湯屋で、一所懸命に肌を白くしようと努力していた。

湯屋で知り合った長屋のおかみさんから、ウグイスの糞《ふん》がいいと言われれば使ってみたり、脱衣所に貼《は》られた「花の露」の宣伝散らしを見ると買い求めたりした。「花の露」は花露屋が売り出した化粧水で、肌を艶やかにするだけでなく、蓋《ふた》付きの可愛らしい小瓶に入っており、雪野はすぐに夢中になってしまった。

雪野は三左衛門から、金に糸目をつけなくてもよいと言われていたので、女ぶりを磨くため、たっぷり時間をかけることができたのだ。

ちょっと前まで田んぼに入って、汗まみれで働いていた雪野の境遇は、まるっきり変わってしまった。風呂に浸《つ》かりながら、雪野はふと今の生活は夢ではないかと心配になることがあった。

頰っぺたをつねると、

「イデぇ！」

思わず声が出た。

その痛みで夢ではないと安心し、雪野は再びゆったりとお湯に浸った。

そうして、この生活が永遠に続けばいいのに、と心から願うのだった。

夜も更けて、皆が寝静まった頃、ぎし、みし……廊下を歩く足音がする。

今宵も雪野が夫のもとへ忍んでいく音だ。

自室の布団の中でそれを聞いていた品は、暗がりでじっと息を殺していた。

このところ、まんじりともしない日が続いていた。眠れない夜には、どうしてもあらぬことを考えてしまうものだ。

夫はどのようにして雪野を抱くのだろうか。どんな風に唇を交わすのか。若い妾は、いかようにして夫をたぶらかすのだろうか。どういう姿態で……。

頭の中で想像が膨らんでいくと、品の呼吸は次第に速く激しくなっていく。鼓動が大きくなるにつれ、どんどん息が狭まり、空気を求めて必死に口をパクパク動かした。苦しさに耐えかねて、胸を押さえてのた打ち回ると、どこからともなく、ふたりの嘲《ちょう》笑《しょう》する声が聞こえてくるのだ。

今や品は、得体の知れない何者かが潜む深淵を覗き込んでいる気分だった。周りから止められながらも、どこまでも続く漆黒を恐る恐る眺めているうちに、ふとした拍子に足元を掬《すく》われ、闇の底へと引きずり込まれる。

切れ切れになる意識の中で、品はそんな妄想に囚《とら》われるのだ。

おハツの訪問

ある日、久しぶりに下駄屋の女将、おハツが訪ねてきた。

お熊に案内されて、客間に入ってきたおハツを見て品は驚いた。

あんなに地味で化粧っ気もなかったおハツが、今日は綺麗に着飾っている。心なしか肌艶も良く、頰紅までつけて見違えるほど輝いていた。ほったらかしだった薄毛の髪も黒く染め、おハツは十歳は若返って見えた。

あまりの様変わりに、しばらく口が利けなかった品だったが、おハツのほうも品を見て驚いたようだった。

「まあ奥様、どうなさいました？　随分と顔色が悪うございますよ」

それはそうだろうよ……と品は思った。

妾のことで悩んで、ここ数日は夜も眠れずにいるのだから……。

「ええ、まあ」などと口ごもりながら、品は誤魔化《ごまか》した。

「今日は奥様に一言お礼をと思いまして、伺ったのでございます」

品の前に座ると、おハツはそう切り出した。

「お礼？」

品は聞き返した。

「左様です。この間、品様に教えて頂きましたね。夫婦仲を良くするまじないの言葉」

「まじない？」

はて、そんなものがあったかなと、品は頭を巡らせた。

「はい。何があっても〝ごめんなさい〟〝ありがとう〟と言えば、いつの間にか夫婦円満になるという、あれです」

ああ、あの言葉か、品はようやく思い出した。

たしか「女訓玉手箱」から失敬してきたんだっけ。

「その時はまさか、こんな簡単なことで、夫婦仲が変わるなんて思いもよりませんでした。奥様は私をからかっているんだわ、とまで思ったものです」

そうそう、あの日はおハツの愚痴を聞くのが面倒で、つい心にもないことを言ってしまったんだわ。

「ところがです」

おハツのダミ声が大きくなった。

「本当に効果があったんです！　もうびっくりです。あれから私、亭主が女のもとへ行く時でも〝いつもありがとう〟って声をかけたんです。〝気が利かなくてごめんなさい〟って。お金も余分に持たせたりして。だって、外で亭主に恥をかかせる訳にはいきませんものね」

そう言いつつ、後れ毛を直す仕草も、何だか妙に色っぽい。

「そしたら、はじめは鳩《はと》が豆鉄砲食ったように、目をぱちくりさせていた亭主が、なんと」

おハツがぐっと身を乗り出してきた。

「戻ってきたんです！　お品様、あの遊び好きの亭主が。そして言うことにゃ〝やっぱり家が一番だ〟なんて」

はにかみながら笑うおハツの目尻には、光るものが浮かんだ。

まさか！　品は仰天した。

助兵衛亭主の代表のような千吉が、家に戻ってきたというのか？

にわかには信じられなかったが、もしそうなら、世も末だ！

「奥様、信じられます？　全ては教えてもらった言葉からなんですよ。本当に嬉しくて、嬉しくて。いの一番に品様にお知らせしようと思い、こうして飛んでまいった次第なんです」

おハツは深々と頭を下げた。

「本当にありがとうございました！」

品は呆然とした。

よもや口から出まかせに言った言葉が、その通りになるなんて！　二の句が継げなかった。品が呆気にとられていると、

「やっぱりお品様って、妻の鑑《かがみ》ですわね」

しみじみおハツが言った。

品は耳を疑った。

私が妻の鑑？

「だってお品様は、まじないの言葉をふだんから実践していらっしゃるのでしょう？　だからここのお屋敷の皆様は、仲が良くて明るいんですよ。でも、今回のことで私もようやく目が覚めました。これからは私も〝我〟を抑え、品様のように亭主を立ててまいります」

笑みを浮かべて自分を見つめるおハツに、品は戸惑いを隠せずにいた。

一息ついてお茶を啜っていると、

「そうそう、これは、奥様へのほんのお礼の気持ちです」

おハツは、傍らに置いてあった風呂敷包みを開けて、品へと差し出した。それは輪っぱの入れ物で、包み紙には〝鮑《あわび》の粕《かす》漬《づ》け〟と書いてある。

「この間、江の島詣でへ行ってきたので、お土産です」

「江の島？」

品は驚いた。おハツは江の島へ行ったのか！

「いえね、亭主が商売に励んでくれるようになって、何だかあたしも暇になったもんですから、仲の良い友達と一緒に行ってきたんですよ。長年の夢でしたからね、江の島詣では」

　照れ臭そうに笑いながらも、旅の思い出が甦ってきたのか、おハツは柔和な表情で遠くを見つめた。

　品の心がざわざわと揺れた。

　おハツが江の島に？　私が行きたくて、行きたくて、仕方のなかった場所へ、とっくに行ってきたというのか。

「江の島までは、割合簡単に行けるんですよ。でも何といっても旅の醍醐味《だいごみ》は、それぞれの宿場町にあるうまい物屋ですね。特にお勧めなのが」

　おハツは、ごくりと生唾《なまつば》を呑み込んだ。

「川崎宿の奈良茶飯《ならちゃめし》！　これはもうぜひ、品様にも召し上がって欲しい一品ですね。いやね、どういうものかと申しますとね。お米に小豆や栗《くり》、大豆などを混ぜ合わせて、お茶で炊き込むだけなんですけど、これがまた絶妙な塩加減で、この味はなかなか他では味わえませんよ！　もともとは奈良のお寺で出されていたそうで、それだけでも美味《おい》しいのに、これについてくる蜆汁。これがまた何ていうか――」

　いつ終わるともなく、茶飯について熱く語り続けるおハツの言葉は、すでに品の耳には入っていなかった。品の心は早くも放心状態。ただぼんやりと、下駄屋の女房の横顔を眺めるばかりだった。

おハツが帰ると疲れが出たのか、品はぐったりしてしまった。

お熊を呼んで夕食の指示をすると、「あ、そうそう」とおハツからもらった江の島土産を渡した。

「これを夕飯時に出してちょうだい」

そう言い残すと、ふらふらと自室へ戻っていった。

残されたお熊は、鮑の粕漬けをしばらく見つめていたが、やがてはっと気がつくと「奥様！」と慌てて呼んだ。しかし、品の姿はどこにも見えなくなっていた。


品の元気がなくなるのとは対照的に、三左衛門のほうはすこぶる上機嫌だった。夕食時に品が休んでいると聞くと、自然に顔がほころんだ。

ふふふ、ウチの山の神もついに参ったか！

この調子で、もっともっといたぶってやれば、さすがの品も音をあげるだろう。そして向こうから、

「もう二度と妾を雇うなんて、馬鹿な真似はいたしません。お許しください」

なんて泣きついて来るだろう。

ひひひ、その日が楽しみじゃのうと、心の内で呵々《かか》大笑するのだった。

間壁家を二分した夫婦喧嘩の行方は、今や三左衛門の勝利が目前かに見えた。

遠雷

生暖かい風が、いきなり吹き荒れたかと思うと、青空が一転黒い雲で覆われた。さっきまでピーヒョロロロ……と甲高くさえずっていたヒバリの声も、今ではまったく聞こえずに、辺りは不気味なほど静まり返っている。

遠くのほうで、小さく雷の音が聞こえてきた。

縁側でひとり庭を眺めていた品は、ふと肌寒さを感じて、手近にあった綿入れを引き寄せた。

塀の向こうの隣家の庭からは、ゆすら梅の赤い小さな実が見え隠れしている。

年を追うごとに少しずつ枝が伸びてきて、今年はついに垣根を越えてしまった。実が終わったら、ちょっと頼んで切ってもらおう。去年は我が家が、伸びすぎた松の枝を切ったのだから、今年はこちらから頼んでみても大丈夫だろう……とりとめもなく、品がそんなことを考えていると、

「母上」

後ろから声をかけてきた者がいる。

見ると新之助だった。道場の帰りらしく、稽古着を着たまま道具を担いでいる。品があんまりうるさく言ったので、今日は真面目に行ったようだ。

「ああ、お帰りなさい」

品は弱々しく応えた。

新之助は母の元気のない様子に驚いて、

「大丈夫ですか、どこかお悪いのですか」と心配そうに顔を覗き込んだ。それから品の手を取って脈をみた。

品はされるがままになっていた。

やがて新之助は、

「母上、待っていてください。すぐ用意してまいりますので」

そう言い残すと慌ただしくどこかへ走っていった。まもなく七輪と土瓶を運んでくると、パタパタ団扇《うちわ》を煽《あお》いで炭を熾《おこ》しはじめた。そうして力なく座っている品に向かって、

「今、母上に精がつくお薬を、煎じて差し上げますからね」と微笑むのだった。

生薬は独特の香りがするので、台所仕事を任されている下女のお熊が嫌がった。そ

れを知っているので、新之助はわざわざ七輪を外へ持ち出してきては煎じているのだ。

彼はまな板に乗せた薬草を、次々と細かく刻みはじめた。

「これはセンブリ、食欲のない時にいいですよ。これはセンキュウ。血の道によく効きますからね」

解説を交えながら、幾種類かの薬草を手際よく切っていく。

いつの間に、そんな技を覚えたのか……。

息子の包丁さばきを見ているうちに、品はいつしか涙が溢れそうになった。

いつもなら、やれどこそこの家の者は十五で家督を継いだとか、同心某《なにがし》の倅《せがれ》は熱心に道場通いをしているなどと聞くと、心中穏やかではないけれど、こうして今、縁側に座って、新之助のきびきび立ち働く姿を眺めていると、そんなことなどどうでもよく、息子の優しさが身に染みてくるのだ。

包丁のまな板に当たる音だけが、静かな庭に小気味よく響いている。

パチパチと炭のはぜる音、細くたなびく湯気の音などが時折聞こえるだけで——母と息子の間には、ゆったりとした時が流れていった。

遠くで再び雷が鳴る。徐々に近づいているようだ。

風に乗った黒雲が、勢いよく通り過ぎてゆくと、周りの空気が少し冷えてきた。ぶるっと震えた品は、知らず知らずのうちに綿入れの胸元をきつく合わせていた。

薬草を切り終えた新之助は、手早く袋に詰めると、きゅっと口を結んで沸騰した土瓶の中に投げ入れた。

しばらくすると苦いような、酸っぱいような臭いが、辺り一面立ち込めてきた。

土瓶をかき混ぜながら、新之助がポツリとつぶやいた。

「母上、大丈夫？」

品はどきりとした。

見ると、新之助は上目遣いで、品の様子を窺っている。

何を言いたいのか分かっていた。

息子は妾が来てからの我が家の状態を、彼なりに心配しているのだ。それは新之助なりの気遣いだったが、品は素知らぬ振りで無理に笑顔を作った。

「大丈夫よ」

新之助は無言で品を見つめた。

品も頑《かたく》なに笑みを崩さず見返した。ふたりはひとしきり見つめ合っていたが、やがて諦めたかのように新之助が視線を外すと、唇を歪《ゆが》めて笑った。

「そうですか。それなら良いのですが」

けれど眼鏡の奥の瞳は、決して笑ってはおらず、品はその表情に虚を衝《つ》かれた。

ふいに悲しみが襲ってきた。それは後から後から湧き出して、思わず口をついて出そうになる。どうしていいのか分からずに、品が押し黙っていると、突如、頭上から耳をつんざく雷鳴が轟いた。

ガラガラ、ドッシャーン！

それは品の気持ちを代弁するかのような大音量で、まるで悲鳴のようにも聞こえるのだ。

雪野純情

雪野が江戸へ来てから、初めて買った反物が仕立て上がり、呉服屋の手代が屋敷へ届けてくれた。雪野は嬉しくて、使用人部屋で早速袖を通してみた。

選んだのは紅色の縞の振袖に、帯は両端に黒繻子を配した緋鹿《ひが》の子《こ》。その帯を腰の下まで垂らした〝だらり結び〟にして、鏡に向かって振り返ると、着物の裾や袖口からちらりと見える襦袢《じゅばん》の赤も鮮やかで……。こうすると自分も何だか、大店の娘のようにも見えるのだ。

旦那様は気に入ってくれるだろうか……。

雪野は三左衛門を思い浮かべて、頬がほんのり赤くなった。

今度は鏡に向かって、簪を挿してみる。この前日本橋へ行った時に、同じ店で買ったものだ。田舎育ちの雪野にとって、江戸の呉服屋の店内は、全てが煌《きら》びやかで目を瞠《みは》る物ばかりだった。「ああ、これが天界の人々の住む、極楽というところか」などと思ったものだ。

最初は気後れしておずおずと触っていた雪野だが、あまりに綺麗なのですぐに夢中になり、勧められるまま、あれもこれもと手に取って挿してみた。たくさんの総《ふさ》をぶら下げた花簪に、金の鎖細工がゆらゆら揺れるびらびら簪など、どれもこれも素晴らしく、迷いに迷って一つに決められなかったので、結局いくつか購入した。女中頭のお熊からは睨まれたが、三左衛門からは好きな物を何でも買っていいと言われていたのだ。

いいよね、おらだって、めかしても……。

簪を挿した鏡の中の自分は、驚くほど美しかった。

雪野はその姿にしばらく見とれていたが、やがてニッと笑うと、旦那様はこれを見て、きっと満足してくれるに違いない、と思うのだった。

その夜。

三左衛門が寝ていると、部屋の外から小さく自分を呼ぶ声がする。

雪野か。

寝入りばなを起こされて、三左衛門は不機嫌になった。

雪野には、呼んだ時だけ来ればよいと言ってあるのだが、なんだかんだと理由をつけては、毎晩のように押しかけてくるのだ。

仕方なく起き上がり、廊下の障子戸を開けてやると、

「いッ！」

三左衛門は度肝を抜かれた！

そこにいたのは、真っ赤な猪《いのしし》——ではなくて、雪野だった。

雪野は高級な縮緬《ちりめん》を着てにっこり笑っているが、猪首《いのくび》で背が低く、樽《たる》のような体型では、朱色のせいでますます肥え太って見えるのだ。

顔は相変わらずの塗り壁で、唇だけは紅が濃く生々しく引いてあるが、その紅が下唇に幾層にも塗られ、鈍く光っていた。それが今流行りの〝笹色紅〟という化粧法だということに、むろん三左衛門が気づく由もなかった。

雪野の厚化粧と派手な衣装に動転して、その場に凍りついてしまった三左衛門に、

「お邪魔いたします」

雪野は澄ましながら、床に這わせた裾を引き引き入ってくるのだった。

灯心の炎だけが、さっきから揺れている。

憮然《ぶぜん》とした表情で、腕組みをしている三左衛門の側で、雪野ひとりがニンマリ笑っていた。

「この着物どうですか？　旦那様が何でも買っていいとおっしゃったあーで、雪野、一所懸命に選んできたあですよ」

そう言って立ち上がると、くるりと一回転してみせた。

「う、うむ……」

三左衛門はさっきよりも、いっそう険しい顔つきになった。

このお召《めし》は一体、いくらかかったんだ？　この簪は？　おいおい、これには珊瑚《さんご》が使ってあるじゃないか！

金額のことを考えると、今にも怒鳴りつけたくなるが、そこはぐっと堪えた。男子たるもの、かようなみみっちいことは口が裂けても言えぬのだ。

それもこれも全ては、憎《に》っくきお品をぎゃふんと言わせるためだ！　必要経費なのだと、妻への怒りを掻き立てながら無理やり自分を慰めていた。

三左衛門がちっとも喜ばないので、雪野はつまらなそうに唇を尖らせた。しかし気を取り直して、今度は三左衛門の隣にどすんと座ると、肩にしなだれかかった。そして、

「ありがとう、旦那様」

と甘えた声を出すが、三左衛門はすぐさま雪野を振り払った。

あっ！　と小さく叫んで倒れる雪野。だが三左衛門は気にも留めずに、

「それより、奥方の様子はどうだ、少しは反省しているか」

などと頰をゆるませながら尋ねるのだ。

奥様の話をする時は、旦那様は決まって嬉しそうな顔になる。おらのことなど眼中にねぇんだ……。

三左衛門の素っ気ない態度に、雪野の心は千々に乱れるのだった。

一方、品はというと、だんだん朝が億劫《おっくう》になっていった。いつまで経っても布団の中から出られない。気がつくといつの間にか、お天道様が高く昇っているのだ。無理も無い。毎晩毎晩、妾の足音を気にしながら、朝までうたた寝もせず聞き耳を立てているのだから。浅蜊《あさり》売りの小僧の声を聞く段になって、ようやく眠りにつくのだから。

やむを得ず、朝起きてこない奥方に代わって、この家では下女のお熊が、おミヨを使いながら台所仕事を取り仕切っていた。

昼過ぎになり、かろうじて布団からは抜け出すが、頭も体も上手く回らずに、品は

一日中、ぼーっとして自室に籠《こ》もっているのだった。

ある朝、寝床の中で玄関の音を聞いていた品は、夫が出仕したと見るや否や、猛然と布団の中から飛び起きた。そして手早く身支度を整えると、勢いよく部屋を出た。

小走りで廊下を渡っていると、

「奥様！」

驚いたお熊が声をかけた。

だが品の耳には届かずにそのまま走り去ったので、お熊は慌ててあとを追った。

品は裸足《はだし》のまま土間へ降りると、一目散に奉公人部屋を目指して駆け出した。そして、雪野の部屋の前まで来ると、弾んだ息をしばらく整えてから、力いっぱい戸を開けた。

「土蔵の掃除をしなさいッ！」

喚《わめ》きながら中を見ると、雪野は寝間着のまんまで布団の上に寝そべっていた。しかもこともあろうか按摩《あんま》を呼んで、体まで揉んでもらっているではないか!?

品は思わず拍子抜けた。

昼前から按摩だと！　なんと生意気な、妾のくせに！

怒りが込み上げてきて、ふだんなら決して出ないようなキンキン声が出た。

「何をしているのッ！　私がやれと言ったら、さっさと土蔵の掃除をはじめるのよッ！」

だが雪野は、激高している品に臆《おく》することなく、のんびりとした口調で、

「奥様、ちいっとばっかし待っててくだあーせ。なんせ昨夜、旦那様があんまし激しかったあーで、体中が痛ぐて痛ぐて……。今、按摩を頼んだとこなんです」

妾の恥知らずな物言いに衝撃を受け、品はヘナヘナとその場にへたり込んでしまった。何とか言ってやりたいが、唇が震えて上手く言葉が出てこない。悔しくて涙が湧き上がってきた。

そんな品を横目に、雪野は按摩に指圧されながら、

「ああん、嫌あん」

「あっ、あっ、いいわ、そこそこ」

「痛《い》ったぁいぃぃ」

などと色っぽい声を出しながら身悶《みもだ》えするのだ。

そこへお熊が駆けつけてきた。

お熊は品と雪野の様子を見て、全てを悟ったようで、近くに立てかけてあった箒を取り出すと、

「このアマ、何しているんだあーッ！」

いきなり、寝ている雪野の上に躍りかかった。

「きゃっ、嫌あ！」

雪野は叫ぶがお熊はお構いなし。箒を使って右へ左へと追い立てる。

「こらッ、働け、働けッ！」

雪野は悲鳴を上げながら抵抗するが、お熊の箒であっちへ掃かれ、こっちへ掃かれし、布団の上をゴロンゴロンと転げ回っている。

按摩はというと、女たちの諍《いさか》いに恐れをなし、部屋の隅っこのほうで小さくなって震えていた。

やがて半べそをかきながら、起き上がった雪野は、恨めしそうな顔で品を見上げると、

「旦那様に言いつけてやるッ！」

そう一言吐き捨てた。

うっ！

それを聞くと品は言葉に詰まった。三左衛門の名を持ち出されると、とたんに品は何も言えなくなってしまうのだった。

第四章　江の島へ

遠くの身内より、持つべきものは近場の友達？

初夏に入ると、町の辻々には冷水売りが立ち、「ひゃっこい、ひゃっこい」と調子のいい声を張りあげる。彼らは派手な浴衣《ゆかた》を着て、鉢巻をきりりと絞めた鯔背《いなせ》な若者が多く、威勢よく桶《おけ》を担いでは江戸市中を裸足で駆け回っていた。

けれど八丁堀の間壁家では、女房の品が相変わらず自室へと引き籠もり、夏だというのに家の中は、まるで火が消えたように寒々としていた。日中は汗ばむ時もあるというのに、品は幾重にも衣を重ねて屋敷の奥でひっそりと臥《ふ》せっているのだ。

あんなに楽しみにしていたお華の稽古も、ここしばらくは休みがちであった。どこかへ出掛けるという意欲もなく、ましてや人に会いたいとも思わずに、品は気力の全てを失って、ただ寝転がっては障子の隙間から空を眺めるだけだった。

そんな品を心配してか、ある日、日里から見舞いの手紙が届いた。

手紙には、教室の皆様が品の様子を心配していると綴《つづ》られていた。師匠の藤野や、それほど親しくもない、うのまでが寂しがっているという。とにかく一度気晴らしにこちらに出てきて、顔を見せてくれないかと締め括《くく》られていた。

読み終えると、品は胸が温かくなった。何だか日里らしい文面だと思った。愛想がなくて、必要なことしか書かれていない。しかも、教室の皆が心配しているとあり、決して自分がとは書いていないのだ。そこが日里らしく、ひねくれていて良かった。

日里は口を開けば皮肉ばかり言うが、それでも時折、他人が思いも寄らない発想をして驚かせるのだ。品は彼女のそういうところが好きだった。

いざという時に頼りになるのは、こんな風に気持ちの通ずる身近な友達なのかもしれない、心の離れた家族よりも……そう思うのだった。

日里からの手紙に促されるようにして、品は久しぶりにお華の稽古へ出掛けることにした。

品が教室に現れると、それまでお喋りに夢中だった女たちが、ぴたりと静かになってこちらを見つめた。それもそのはず、しばらく病床にあった品の顔は青白く、髪は艶を失い、瞳には光を見いだせなかったからだ。

気の毒と思ったのか、誰も品と視線を合わそうとせず、訳を尋ねようとしない。そんな仲間たちの遠慮がちな態度が、かえって品の心を傷つけた。

私、そんなに変わったかしら……？

不安になった品は、稽古の間中気もそぞろだったが、それは杞憂《きゆう》に過ぎなかった。なぜなら終わるや否や、品はすぐさま彼女たちに取り囲まれ、

「一体、どうしたの」

「何があったの」

などと質問攻めにされたからだ。

最初は誤魔化そうかと考えていた品も、あまりに皆が熱心に聞くので、「実は……」と言いかけ、あとは自然に涙が溢れて、気がつけば胸につかえる思いの丈を吐き出してしまっていた。

品の話を聞き終えると、女たちは「まぁ！」と口に手を当てて息を呑むが、その表情からは、何と言って慰めてよいのやら、困っている様子がありありと見て取れた。

そのせいか、

「それにしても品様、〝土蔵の掃除をしなさい！〟は、ないですわ」

「そうですよ、私なら〝厠《かわや》の掃除をなさい！〟だわ」

なんていう頓珍漢《とんちんかん》な議論まではじまってしまうのだ。

皆で掃除談議に花が咲く中、ひとり苦々しげに聞いていた高子だけは、

「品殿、こう言っては何ですが、そもそも妾をあてがおうなんていう、あなたの考え自体が間違っているのですよ！」

と顔を真っ赤にしながら激高した。

「元来夫婦というものは、何があっても互いに信頼し合い、長い年月をともに過ごしていくものなんです！　それがあなたのように、夫婦の……ア、アレが、嫌だからと言って、安易に妾を置くようでは、妻の風上にも置けませんッ！」

咳払《せきばら》いしながら、〃ア、アレが〃と小さくつぶやく高子だが、最後には〃本妻の主張〃のようになってしまった。

もしかすると高子にも、自分と同じような経験があるのかもしれない、品はひそかにそんなことを想像したが、高子の迫力に負けてか、周りの女たちも、

「やっぱり、妾なんて、家の中に引き入れるもんじゃないわよね」

「妻が自分のお勤めを果たすなんて、当たり前よね」

なんてことをひそひそ言いはじめ、品の目に涙が浮かんできた。

そ、そんなあ。それでは私が全部悪いと言うの、私だけが……？

沈鬱《ちんうつ》な面持ちで品が下を向いていると、隅のほうで黙って聞いていた日里が口を開

いた。

「品さん、悪いことは言わないわ。早くその妾を追い出すのよ」

「えっ」品は絶句した。

そもそも妾を持てと言い出したのは、日里ではないか。

「妾を追い出しちゃえば、何の問題もないでしょ？」

日里は意に介さず、きっぱりと言った。

「それは、そうだけど……」

品は口ごもった。

たしかに雪野を追い出すのは簡単だった。旦那様が気に入らなかったとか、態度が悪いなどと難癖をつけて、長吉に引き取ってもらえばよいだけの話だ。

けれど、夫が入れあげている妾を追い出せば、どんなことになるのか……。

品は考えただけでも恐ろしかった。そんなことをすれば、三左衛門は一生私を許さないだろう。考えれば考えるほど混乱して、どうすればいいのか分からなくなった。

長い沈黙が続いたあと、品がぽつんとつぶやいた。

「もう家に戻りたくない。いっそどこかへ行ってしまいたい」

それは抑えきれない心情の吐露だったのだが、それを聞くと、教室内は一瞬静まり返った。

そうなのだ。女は一度嫁してしまえば、簡単に実家へは戻れない。よしんば帰ったとしても、すでに兄弟が家督を継いだ家には、自分の居場所などどこにもないのだ。両親が亡くなっているとすればなおのこと……。女性にとって、すぐに逃げ出せる場所や息抜きをする家など無きに等しかったのだ。

「本当ねぇ。今更実家には戻れないし、いざとなったらどこにも行き場がないのよね、私たちって」

誰かが寂しげに言うと、女たちは黙ってそれぞれが深い溜息をつくのだった。諦めにも似た気持ちが、全員の心に染み渡っていく。

静かな時が流れたあと、ふいに日里が手を打った。

「そうだ、江の島詣でに行くっていうのはどうかしら、これなら家を出やすいんじゃない」

品は、はっとした。

なるほど。江の島詣でなら、かねがね行きたいと夫に頼んでいたのだから、それにかこつけて家を出ればいいのだわ。

一筋の光が、パアーッと品の心に差し込んできた気がした。

おまけに日里からは、

「私も一緒に行ってあげるから。お品さんと行くと言えば、きっと夫も許してくれるわ」

なんて嬉しいことまで言われたのだ！

日里が行ってくれるとは、なんと心強いだろう！　気心の知れた友と行く旅は、とても楽しく、傷ついた気持ちを癒《いや》してくれるに違いない。

品の心は躍った。

あとは夫、三左衛門の承諾を得るだけだ。

さっきまでの鬱々とした気分はどこへやら、今や天にも昇る気持ちだった。品はふわふわとした夢心地で、来た時とは打って変わって足取りも軽く家路を急ぐのだった。

「江の島詣で？」

夕食時、品から江の島行きの計画を打ち明けられた三左衛門は、しばし思案した。

雪野を使っての品への報復は、十分過ぎるほど功を奏していた。それが証拠に、今宵久方ぶりに見る妻の顔は、頬がげっそりとこけて、目だけが異様に光っているではないか。それはこの二ヶ月余り、品が悩みに悩んだことを示すものだった。

そろそろお仕置きを解いてやってもいい頃だろう。三左衛門にとってもこの話は渡りに船だった。

「よかろう、日里さんとなら安心だ。行ってくるがよい」

三左衛門は心の内を悟られぬよう厳《いか》めしく言い渡した。

品は、ほっと胸を撫で下ろした。

緊張が一気にほぐれ、久しぶりに晴れ晴れとした気持ちになった。それはようやく自由になった、といったような解放感で――。

以前と同様、内側から沸々と力がみなぎってくるのを感じていた。

旅の心得

江の島詣でが決まると、真っ先に品が考えたのは、江の島へ行くには体力だ、ということだった。

なにせ日頃屋敷の奥で暮らしているのだ。体がなまっているに違いない。聞くところによると、早ければ一泊二日で着くと言うが、それは壮健な男子に限ったことではないかと考えた。自分には到底無理だ。それゆえ品は町の薙刀《なぎなた》道場に通って、まずは体力を養おうと思ったのだ。

日里を誘うと、他の仲間たちも面白そうと興味を示すので、結局何人かの有志が集まって通うことになった。

師範は、大奥で小虎流を修めたという白髪の老婆であったが、その腰は決して曲がっておらず、背筋はピンと張っていた。

とても厳しい先生で、初日にうのが遅れてきた時には、「なっとらん！」と一喝され、道場の周囲を走らされる羽目に……。

半ベソをかきながら、うのが走っている間、品たちはというと、腹の底から声を出す練習をさせられていた。けれどいつもは、大声を出すことなど滅多にない武家の奥方たちでは、なかなか思うように声も出ず、そんな時には容赦なく、柳の小枝でこしらえた鞭《むち》で、背中や足を叩かれるのだった。

やっとのことで声が出てくると、今度は師範の真似をして、薙刀を振り上げたり、持ち替えたり、突き込んだりする。ここでも声が小さいと、たちまち怒号が飛ぶのであった。

「声が小さい！　こんなことで御台様をお守りできますかッ！」

「は、はいッ！」

わずか半時ばかりの稽古であったが、終わる頃には精も根も尽き果ててぐったりしてしまった。

帰り道。

疲労困憊《こんぱい》、息もたえだえな品たちは、足取りも重く歩いていた。

「あいたたたっ、お待ちください。私はもう、足が痛くて歩けません！」

泣き言を言って足を引きずっているのは、うの。

「まったく、今時あんな婆さんがいるとはねぇ。御台様だって、馬鹿げている！」

肩を叩きながらぼやくのは日里。

「本当に疲れましたね」

声のかすれた品が、そう言うのと同時に、お腹がぎゅるぎゅると鳴った。

皆は顔を見合わせた。

「そう言えば、浅草に新しいおしるこ屋が出来たの、ご存知？」

「あー知ってます！　狸屋《たぬきや》でしょう、たぬきの看板がぶら下がっている。小豆の粒が多くて、どろんとしていて、お餅《もち》もたっぷりなんですって」

聞いているうちに口の中に唾が湧いてきた。

「行く？」

品が皆の顔を見回した。一同、ニンマリうなずいた。

「それじゃあ、行きましょう、行きましょう」

女たちは急にうきうきと早足になった。

「うの様は足が痛むのよね。それじゃあ、通りで駕籠《かご》を拾いましょうよ」

品の言葉に日里は仰天して、

「ちょっとお！　それじゃあ、せっかく体を鍛えた意味が――」

するとお品が真顔で振り返り、

「いいから、いいから、日里さん。たまには甘い物でも頂かなくっちゃ。あ、小袖も新調しなくちゃね。旅に出るんですもの。綺麗《きれい》にしとかなくっちゃ」

と言い終わらぬうちに、早くも通りに向かって駆け出していた。日里は呆気《あっけ》にとられて、そんな友の後ろ姿を見つめるのだった。

奥女中㊙のあいびき

旅の準備のためにお品は、先に江の島へ行った下駄屋の女将、おハツの店まで出向いた。彼女の記した道中日記を借りようと思ったからだ。

旅に出た者は、旅程や買った物、立ち寄った先などを簡単に書き残す習慣があり、旅の記録としていた。おハツも例に漏れず、覚書をつけていたので、参考にさせてもらおうと考えたのだ。

日記を貸し出す時、おハツは恥ずかしそうに「私は字が汚いので」と、しきりに恐縮していたが、最後には貸してくれた。

しかし、それだけでは心許《こころもと》ないので、出入りの貸本屋、久兵衛《きゅうべえ》に頼んで旅の案内書を持ってきてもらった。

貸本屋から借り受けた東海道の地図を眺めていると、品川、川崎、神奈川、保土ケ谷《ほどがや》、戸塚、藤沢……と宿場町が続いていた。江の島へ行くには、藤沢宿を通って行くのが一番の近道だった。

藤沢と聞いて、真っ先に品の脳裏に浮かんだのは、大きくて温かな手――品はその腕にぎゅうと抱きしめられていた。日なたの匂い。汗の匂い。そして、ほのかに立ちのぼる甘酸っぱいお乳の香り。

それは、乳母お重のものだった。

たしかお重は相模の国生まれ、この辺りの出身だと聞いていた。品は地図を見ながら、お重はこんな遠くから、奉公に来ていたのかと改めて思った。乳呑児を残して、単身江戸へ出稼ぎに来るとは、若い母親にとってどんなに辛い選択だったことだろう。大人になり、同じように子を持つ身になったからこそ、あの頃の乳母の心情というものが、少しだけ分かる気がした。

そんな風に品がしみじみ思い出に浸っていると、久兵衛の持ってきてくれた本の中に、ひと際派手な一冊が目についた。

表紙には、豪華な打掛を着た御殿女中らしき人物と、粋な若衆が描かれている。久兵衛が言うには、目下、世の中のご婦人方に大変人気のある戯作本《げさくぼん》だという。

手に取ってパラパラめくると、面白そうだったので一緒に借りることにした。するとと「これは、奥様……」と、久兵衛は少し言いにくそうに「この本はちぃとばかり刺激が強過ぎますぞ、くれぐれもご用心を」そう釘《くぎ》を刺していくのだ。

「奥女中㊙のあいびき」という題のその本は、御殿女中で絶世の美女五島《いつしま》が、ひょんなことから、歌舞伎役者の美之助《みのすけ》と知り合い、人目を忍びながら、あいびきを楽しむという禁断の恋物語だった。

五島と美之助は、互いに会うために、時には危険な橋を渡りながら逢瀬《おうせ》を繰り返した。

毎回、逢《あ》えるか逢えないかのうまい所で終わるので、すぐに続きが読みたくなった。なるほど、これは久兵衛の忠告通り、用心しなければならない類《たぐい》の本だった。気がつけば寝食を忘れていつまでも読み耽《ふけ》ってしまうのだから。

御多分に漏れず、品も朝の用事が済むともっぱら部屋へ戻っては床に寝転がり、この本を読むのが日課となってしまった。

美之助が愛《いと》おしそうに五島を見つめる。五島も美之助を見上げる。ふたりは目を閉じて、唇と唇を重ね合わせる。

そんな場面を想像しては、品はひとり部屋の中で悶絶《もんぜつ》するのだ。

ああ、一度でいいから、美之助のような美男子と、恋に落ちてみたいものだわ……。

いつの間にか、主人公とともに品は恋に落ちていた。それが証拠に、美之助のことを思うと胸の奥は高ぶり、瞳はいつも泣いているかのように潤むのだった。

これは何？　この状態は一体何なの？

品は自分に問いかけた。

今なら何でも「はい」と、素直に応えられそうな気がした。おハツに言った「ありがとう」や「ごめんなさい」が、美之助にならなら言えそうな気がした。

もちろん、にがり切った顔の夫にではなく。

ああ……これが恋というものね。私、恋をしているのだわ。品の心は歓喜に溢れ、今にも叫び出しそうになっていた。

「奥女中㊙のあいびき」を読んだ奥方たちは大概、夫と離婚したくなるというので、巷《ちまた》では幕府がこれを発禁処分にするかもしれないと噂《うわさ》されるほどだった。そうなる前に読んでおこうと、さらに人気に火がついたらしい。それほどまでに女性たちは、家事や育児をほっぽりだし、美男子の美之助に夢中になっていたのである。

作者は、夢野明子《ゆめのあきらこ》という女流作家で、どんな人物なんだろうと、品は心ひそかに思いを寄せていた。

この方も奥女中勤めを経験していらっしゃるのかしら。きっと上品でお綺麗な方に違いないわ。

奥女中と言えば、品が思い当たるのは、お花の師匠の藤野や薙刀の鬼師範だけだ。けれどこちらは、五島とは違って油っ気の抜けた、どちらかと言うと、女の〝お〟の字も感じさせない、枯れ切った老女たちだから、随分印象が違うわね、と思うのだった。

それはさておき、昨夜のうちに手元にある分を全て読み尽くしてしまった品は、続きが読みたくて、読みたくて、堪らなくなった。

物語はいよいよ、佳境に入っていた。

女の恰好をした美之助は、まんまと大奥へ上がり込み、五島の下で働くようになる。昼は女で、夜は男として五島のために身も心も捧《ささ》げ尽くす美之助。ふたりの関係は周囲にばれないように、上手く立ち回らなければならない。しかし、美之助の美貌《びぼう》に目が眩《くら》んだ上様から、ある夜、夜伽《よとぎ》の声がかかってしまい――

危うし、美之助！　ついに男とばれてしまうのか！

——つづく。


という訳で、来週久兵衛が屋敷へ回ってくるのを待ち切れず、品は夜明けとともに版元へとすっ飛んでいった。

両国橋通りにある風林堂《ふうりんどう》の看板が見えた時、はやる気持ちを抑えきれず品は思わず早足になる。だが、その足がふいに止まった。店先からひとりの女が出てくるのが見えたからだ。

紫の御高祖頭巾《おこそずきん》を被った女の、顔こそ見えないが、一緒に出てきた店主が丁寧に頭を下げこう言ったのだ。

「夢野先生、それでは次回も楽しみにしています」

品は驚いた。

えっ、あれが明子先生、本当に？

品は慌てて近くにあった物陰に隠れた。

新進気鋭の女流作家は、熱狂的な信奉者が隠れているとは気づかずに、建物の前まで来ると、そのまま通り過ぎていった。品はどきどきしながら憧れの戯作者の後ろ姿を目で追った。

どうしよう、どうしよう、目の前に明子先生がいるというのに、何もできないなんて……。品は迷った。大いに迷った。そしてようやく思い定めると、明子の後をついていくことにした。せめてどんな顔をしているのか、一目確かめたかったのだ。

自分のうしろからついてくる者がいるなど露知らず、明子は足早に歩いていく。品は必死でその後を追い、ふたりの距離はどんどん縮まっていく。小さな橋を渡ったところでついに追いついた品は、思い切って声をかけてみた。

「あ、あの、明子先生でいらっしゃいますか」

女はぎくりとして立ち止まった。

「私、あなた様の作品を愛読している者でございます。本当に毎回楽しみにしているのですよ」

しかし、女は黙ったままだ。

ええい、ままよ！

品は冷や汗を掻《か》きながら続けた。

「あのう、大変不躾《ぶしつけ》なお願いではございますが、私のために何か一筆書いて頂けませんでしょうか」

そう言って、胸元から扇子を取り出すと、明子に差し出した。

「子子孫孫まで、宝物にいたします」

女は何かに気がついたように、こちらを振り返った。

品も顔を上げる。ふたりの視線が重なった。

「日里さん！」

品は驚いて声をあげた。

そう、振り向いた女は、お華仲間の日里であった。

何が何だか分からずに、目を白黒させている品を尻目に、日里のほうは照れ臭そうに笑うのだった。


版元からの帰り道。

人込みを避けて裏路地へ入ると、思いのほか閑散としていて、ようやく一息つくことができた。気分が落ち着いてくると、品はさっきの出来事を思い返してみた。日里からは、くれぐれもこの件は、内密にしておいてくれと頼まれたのだ。

彼女が言うには、貧乏旗本では生活にも困り、丈太郎の塾代にも事欠く始末で……。仕方なく自分が働いて家計の足しにしているのだと。

しかし武家の女房が、風紀乱れるあられもない戯作本など書いているとなると、当然家名にも傷がつくし、第一夫の出世にも影響しかねない。下手をすればお役御免、なんてことにもなりかねないのだ。だから絶対に誰にも言わないで欲しいと、しつこいくらい念を押されたのだった。

「けれど、あなた、よくあんな風に恋愛話を思いつくわね」

品は感心して言った。

「よっぽど日里さんは、経験豊富なのね」

こう言っては何だが、日里は〝恋〟とか〝愛〟などと言う色っぽい世界とは無縁な女だ。藪《やぶ》にらみの険しい目つきに、いつでも世の中を睥睨《へいげい》しているような女で、どちらかというと、若い娘に道を説く、説教本などを書くほうがずっと似合いそうだった。おまけに亭主の祐之助だって、吹けば飛ぶよな薄毛の男だ。この夫婦を手本にした恋愛話など、品は到底考えられなかった。

否、そんな戯作など……読みたくもない！

だが日里は「ふん」と鼻先で笑うと、

「そこはほれ、戯作者の想像力っていうものですよ。私、これでも、頭の中ではいつでも、恋愛しておりますの」

などと澄まして答えるではないか！

品の背筋に思わず、ぞぞぞと悪寒が走ったのは言うまでもない。

こんな女があの名作「奥女中㊙のあいびき」を書いたのか……。そう思うと品の中で、美之助、五島の美しい姿が、ガラガラガラと音を立てて崩れていくようだった。

いつしか品は八丁堀の堀沿いを歩いていた。時折吹く風が柳の枝を揺らしている。

知らず知らずに、品は大きな溜息をついていた。

あの日里が戯作者だったとはねぇ。しかも、あんな人気本の……。品は何だか裏切られたような気持ちだった。釈然としなかった。

陰気で暗い女だとばかり思っていたけれど、実際には私の知らない所で、自分だけの世界をしっかり持っていたのだ。

自分だけの居場所を。

品は唇をぎゅっと噛《か》んだ。

ずるい！

そんな言葉がついて出た。

しかも、何でも話せる仲だと思っていたのに、そう思っていたのは自分だけで、日里にとって私は、友達のひとりに過ぎなかったのだ。そんなことにも傷ついていた。

品の口からもう一度吐息が漏れた。

一緒に歩んでいるとばかり思っていた朋輩が、実はずっと先へ行っており、いつしか自分だけが置いてきぼりにされていたのだ。

そのことに今更ながら気がついて、愕然《がくぜん》となった。

お堀を流れる水面がきらきらと輝いていた。

立ち止まり、ひととき光の織りなす綾《あや》を見ているうちに、品の頬に涙が一筋、こぼれ落ちてきた。止めようと思うけれど、胸が迫って後から後から溢れてくる。仕方なく、品は周囲の人に気取られないように、声もなく涙を流し続けた。

ひとしきり泣いた後、品はぼんやり思った。

皆、それぞれに自分の道を歩んでいるのだ。

ひとりひとりが……。

けれど、私には何もない。

私には……。

そう思うと、どうしようもない寂しさが込み上げてくるのだ。

川面《かわも》に映った自分の顔が、ゆらゆらと歪んで見えた。

まるで今の心境を写し取ったようで……。見ているうちにその顔が、泣き笑いのようになってしまうのだった。

江戸の奥様は、初物がお好き

「奥様、出ましたよ！」

お熊が息を切らせながら、品のもとへやってきた。

「ついにきたのね！」

品も目を輝かせると、急いで財布を摑《つか》んで部屋から飛び出した。

そろそろかと思っていたが、今日現れるとは、なんてついているのだろう！

品は屋敷の門を走り出て、通りを見渡した。

道の向こうに、棒手振《ぼてふ》りを囲んで人だかりが見えた。品はそれを目がけて、全速力で駆け出した。

「奥様ーッ！」

お熊が大慌てで後を追った。


江戸の人々は概して初物好きだが、こと女性に関しての断トツ人気は、何と言っても南瓜《かぼちゃ》だろう。砂糖が貴重だったので、薩摩芋《さつまいも》、栗、南瓜の甘い野菜は特に重宝がられていた。

それゆえ夏になり、南瓜の初物が出たとたん、町の奥方たちは競い合って買い求めた。京都ではかほちゃ、大坂ではなんきん、西国《さいごく》ではぼうぶら、江戸では唐《とう》なすと言った。

もちろん品も例外ではなく、この唐なすの安倍川《あべかわ》が大好物だった。

作り方は至って簡単。

南瓜の種とワタを取り、面取りをして薄く切ったものを、みりん、酒、砂糖少々を加えた鍋で、柔らかく煮るだけだ。出来上がると、皿に取り出し、きな粉をたっぷりかけて食べるのだ。

自然の甘味いっぱいのお菓子が、品たち江戸の女性にとっては最高のおやつだったのである。

無事に唐なすを買うことができて、品はほくほく顔だった。お熊に二つ持たせ、自分も一つ抱えて帰る。

「奥様、ようございましたね。旅に出る前に、安倍川を食べられて」

お熊が言うと、品も、

「そうね、今年は食べられないと思っていたから、丁度良かったわ。あとで凜の所にも一つ持っていってちょうだい」

うきうきしながら話すのだった。

品の江の島行きは、三日後に迫っていた。

いざ、江の島へ

江戸っ子たちが気軽に出掛けた遊山《ゆさん》先とは、どのような場所だったのか。定番は相模の大山《おおやま》、江の島、下総の成田山といった辺りか。いずれも数日で行け、通行手形も要らなかった。

中でも江の島は、海に浮かぶ絵のように美しい島、「絵島」との異名をとり、女性たちに大人気の観光地だったのだ。

出発の日が近づくにつれ、品は旅の準備に大わらわだった。

留守中のこともしっかりと、お熊に言い渡しておかねばならなかったし、合間合間には噂を聞きつけた友人知人らが、餞別《せんべつ》を持って訪れるので、その対応にも追われた。

やれやれ、これではお土産を買うのが一苦労だわ……。

品は内心気鬱になっていた。

当時、旅に出るということは、生きて再びこの地を踏めるかどうかという過酷なものだった。だからこそ人々は、旅立つ者の無事を祈って餞別を贈り、再び会えることを願っては盛大な酒盛りを開いて送り出したのだ。もしかするとこれが、今生の別れになるかもしれないからだ。

だがもらった物は、いずれ返さなければならない。

おハツの道中記を見ると、誰それからいくらもらったと細かく記載してあり、それに見合ったお返しをこれまた律儀にしているのだ。

となると、自分もそれだけの返礼はしなければいけないだろう。品は土産物でいっぱいになった、帰りの大荷物を想像するだけでゲンナリした。しかしとりあえず、餞別をくれた人の名前と金額は帳面につけておいた。

結局品は、スリや盗人に遭うかもしれないと、着物を新調することを諦めて、地味なものを選んで着て行くことに決めた。

着物の裾を帯に挟み、脚絆《きゃはん》、手甲《てっこう》をつけ、上から塵除《ちりよ》け、雨避《あまよ》け代わりの浴衣を着て、しごき帯で留めた。足には草鞋《わらじ》、頭には手拭いを被り、最後に菅笠《すげがさ》、杖《つえ》を持つと旅装束の完成だった。

品は『旅行用心集』という本を参考に、所持品を揃えた。特に品がこだわって、今回ぜひ持っていきたいと思うものがあった。それが毒虫避けの匂《にお》い袋だった。

龍脳《りゅうのう》、麝香《じゃこう》、樟脳《しょうのう》など香気の強いものを懐に入れると、虫が寄ってこないと書いてあったので、虫嫌いの品は忘れずにこれらを用意した。それらを行李《こうり》に詰めて風呂敷で包んだ。

道中、何が起きるか分からないので、小判や銀貨を余分に持ち、財布とは別に胴巻きにして体から離さないようにした。

こうして、旅の準備は整った。

旅立ちの朝

深夜から降り続いた雨は、明け方近くになってようやく上がった。それでも空はどんよりとして重かった。

品は朝早くから起き出して身支度を整えると、一緒に行く日里を待っていた。

待つ間にも、荷物を担いで重さを確かめたり、鏡の前で幾度も菅笠の向きを変えたりして、そわそわと落ち着かなかった。そうしているうちに、田辺家から使いが来た。

何かしら？　品は嫌な予感がした。

不安な面持ちで手紙を開けてみると、そこには日里の流麗な文字で、息子の丈太郎が昨夜から熱を出し、今も下がらないと書いてあった。だから今日は行けなくなったと。

えっ！

品は絶句し、目の前が真っ暗になった。

どうしよう、日里さんが行けないなんて……！

膝が小刻みに震え出す。

しかも文面の終わりは「ごめんね、またいつかね」と、至極簡単に締め括られており、それを見た品は思わずカッとなってしまった。

〝またいつか〟だなんて、軽々しく言わないで！　私にとって〝いつか〟は、決して来ないかもしれないのに……。今日が最初で最後の機会だったのかもしれないのに……！

気が動転して、いつの間にか爪《つめ》を噛むと、先日の御高祖頭巾を被った日里の顔が思い出された。

もしかすると日里さんは、自分の秘密がばれることを恐れて、私を避けているのではないかしら。息子の病気にかこつけて、本当は私と一緒には行きたくないのかも。

そんな風に勘繰りまでしていた。

それにしても、ああ、どうしよう……と品は溜息をついていた。頭の中には、ここ数ヶ月の出来事が甦ってきた。

雪野がきてからのこと、三左衛門とのやりとり、江の島詣でを楽しみにしていた気分までもが、矢継ぎ早に思い起こされて、胸が締めつけられるようだった。期待が大きかった分、失望も深かった。

それでも、と品は思い直した。

たとえ今、絶望の淵《ふち》にあったとしても、私は一瞬たりともこの家になぞいたくはない。妾のいる屋敷には！

どたどたと音を立てて歩く雪野の姿を、品はこれ以上見たくはなかった。大飯を食らってのんびりと湯屋へ行き、夫と睦《むつ》み合っているのかと考えると、耐えられなかった。すでに我慢の限界を超えていたのだ。

だけど私には、一緒に行ってくれる人がいないのよ！　誰も……。

しばらく打ちひしがれていた品だが、やがて決然と顔を上げた。

ならば、私ひとりででも行く。私だけでも、江の島へ行くんだ！

そう決意すると、品は手早く荷物を担いで憤然と部屋から出ていった。廊下へ出ると幸い人影がなく、誰にも見咎《みとが》められることなく、玄関まで行くことができた。

玄関で草鞋を履き終えると、品は怒りにまかせて歩きはじめた。

一歩、また一歩と。

だが気持ちは急《せ》いていた。

逃げろ、逃げろ、こんな屋敷からは、一刻も早く逃げ出すんだ！　誰かに気づかれる前に、早く！　早く！

自宅の門を出てしばらくすると、雨がパラパラと落ちてきた。灰色の重苦しい空を見上げると、気持ちが萎えそうになる。だが品は気を取り直すと、しっかり前を見据えて力強く踏み出すのだった。

品がひとりで、江の島へ旅立ったことを知って、間壁家では蜂《はち》の巣を突っついたような騒ぎになった。

すぐさま娘の凜が、孫娘を連れてすっ飛んできた。そして父の顔を見るなり、

「なぜ父上は、母上と一緒に行ってやらないのですか！　母上は父上とともに旅をすることを、ずっと楽しみにしておられたのですよ！」

と責め立てた。そして、

「今からでも遅くありません。すぐに八助をやって――」

そう懇願する娘に、三左衛門は決して「うん」とは言わなかった。それどころか、腕組みをしたまま「放っておけ」と言い捨てたのだ。

その言葉に凜のみならず、集った全員が凍りついてしまった。全員というのは、新之助、お熊、おミヨ、八助だったが。

三左衛門は、意地を張ってひとりで旅に出た品に対し、「もうどうにでもせぇ」という気持ちだった。

わしは一人旅を許可したつもりはない。それでも行くと言うのなら、それは品に相応の覚悟があるわけじゃな。だったら、自分で何とかせい！　これ以上、わしに迷惑をかけるな！　そんな風に思っていたのだ。

だが、言い放った後の皆の視線が痛かった。部屋の中は不気味なほど静まり返り、それがかえって、全員から非難されているようでいたたまれなかった。

ついに凜が口を開いた。

「父上、こちらには妾がいるんですってね」

三左衛門は、ぎくりとした。

その一瞬を見逃さなかった凜は激怒した。

「不潔ッ！　私、父上を見損ないました。もう顔も見たくないわ！　この子もしばらく、この家の敷居は跨《また》がせません！」

そう冷たく吐き捨てると、ぐずる成子を引きずるようにして、足音高く出て行った。

まもなく玄関からは成子の泣き叫ぶ声が聞こえてきた。

黙って見ていた新之助が口を挟んだ。

「やれやれ、母上の癇の病にも困ったもんだ」

しかし、三左衛門は憮然とした表情を崩さない。

父親の顔色を窺いながら、

「けれど女一人旅、道中何事もなければよいのですがねえ……」

まるでこちらの心を見透かすように、独り言ちるのだった。

第五章　おんな一人旅

一日目　八丁堀から川崎宿へ

小雨そぼ降る中、品は品川宿を目指して歩いていた。

ヤケクソで家を飛び出したまでは良かったが、荒ぶる心が次第に落ち着いてくると、徐々に心細くなってきた。

大丈夫かしら……。本当に私ひとりで、江の島まで辿《たど》り着けるのかしら。今ならまだ引き返せる、止《や》めようか……。

などと迷い、逡巡していた。

ほどなくして雨が止むと、じきに猛烈な蒸し暑さがやってきた。蟬《せみ》の声も耳奥にジンと残るほど強烈に響いてくる。

品は京橋にさしかかっていた。昼の仕込みなのか、沿道の食べ物屋から一斉にいい匂いが流れてくる。それを嗅《か》いでいるうちにお腹が空《す》いてきて、「安くて、早くて、おいしいお蕎麦、十六文」なんていう看板にも目がいくようになる。

横目であれやこれやと品定めしているうちに、目の前を腰の曲がった老爺《ろうや》が、杖も持たずにすたすた横切っていくのが見えた。

品は、ほーっと感心した。あんな年寄りが歩いているのだから、私だって頑張らなくっちゃと、自らを奮い立たせた。

江戸の町はいつも通りの賑《にぎ》わいだった。

客引き、物売りの声、買い物客やら荷を運ぶ人。のんびりと野良犬に餌《えさ》をやる小僧、橋の袂《たもと》で逢引《あいびき》中の若い男女など、雑然として活気に溢れていた。

田舎からやって来たのか、垢抜《あかぬ》けない団体客が大勢ひしめく中、品は人波を縫いながらひとり歩いていく。けれど、そんな品なぞ気に留める者は、ここには誰もいないのだ。

町中から遠ざかるに従い、景色も一変していく。だんだんと人影が減ってゆき、それと同時に潮の香りが微《かす》かに漂ってきた。

やがて品は江戸府内の南の出入口、高輪《たかなわ》大木戸に辿り着く。木戸は江戸の治安維持のために、明け六ツ（午前六時）に開け、暮れ六ツ（午後六時）には閉めた。この門を出るともう後戻りはできない。

品はいよいよ旅の覚悟を固めるのだった。

しばらく歩いていると、泉岳寺が見えてきた。この寺には討ち入りを果たした赤穂《あこう》浪士の墓があった。品は寄り道をして、線香を手向けることにした。若くして亡くなった大石主税《おおいしちから》の墓前に立つと、さすがにひとりの母として切なくなった。

泉岳寺を後にすると、街道沿いに所狭しと旅籠《はたご》が立ち並び、飯盛女《めいもりおんな》たちが派手な嬌声《きょうせい》を上げながら客引きをしている場所へと出た。

品川宿である。

東海道最初の宿場町で、日本橋から二里（約八キロ）。旅籠の軒数も九十三軒と他の宿場町と比べると、群を抜いて多かった。

ちなみに、お伊勢参りへ行く講《こう》集団が、見送りの人々と最後の別れを惜しんだ場所も、ここ品川宿だった。だから旅籠では、連日大勢の人が逗留《とうりゅう》して、飲めや歌えのどんちゃん騒ぎ、もとい、別れの宴をしていたという。中には講集団が帰ってくるまで、宴会をし続ける強者《つわもの》たちもいたそうで、娯楽の少ない町人たちのよい垢落とし場所にもなっていた。また、品川は宿場女郎の多さでも有名で、吉原を北洲、対して南洲と呼ぶほどだった。

丁度昼時だったので、品は一軒の旅籠に上がり、二階の座敷から房総《ぼうそう》の海を見渡しながら昼食をいただいた。浜辺では海苔《のり》を干す漁師たちの姿が見えた。

食事が終わると、再び街道沿いを歩き出した。

品川宿にはお寺が多く、物珍しさから一つ一つ丁寧に回っていると、一軒のお寺の前で香を焚き染《たし》めるよい薫りが漂ってきた。

あちこち見て回り、案外時間がかかってしまったので、ここらでもう参拝を止めようかとも思ったが、芳香に誘われるようにして中へ入った。品が薫りの元を探してみると、それはなんと、境内の隅で焼いていた枯草の匂いで……。

自分の早とちりに、なあんだと思わず恥ずかしくなり、品は箒を持つ小僧さんに神品は箒《ほうき》を持つ小僧さんに神妙に手を合わせると、何食わぬ顔で出てきたのであった。

左手に海を眺めつつ下って行くと、やがて鈴ヶ森刑場が見えてきた。江戸には、小塚原《こづかっぱら》、大和田、鈴ヶ森と三大刑場があり、時に、処刑された獄門首が晒《さら》されることがあった。そんな時には、見物人が大勢押しかけ、街道には露店が出るほど賑わった。

しかし、品にはこの前をひとりで通る勇気がなく、先を急ぐ旅姿の若者に声をかけ、一緒に同行してくれないかと頼んだ。男は愛想のいい顔を向け、「いいですとも。任せといてください」と二つ返事で引き受けた。

若衆の後から、恐る恐るついていくと、急に男が「ワーッ！」と叫んで走り出した。

何事かと驚いた品が見ると、そこにはなんと、生首が置いてあるではないか！

「ギャーッ！」

品も悲鳴をあげながら、慌てて若者の後を追いかけた。

しばらく走ってから、ようやく後ろを振り返ると、生首だと思ったものは、道端で売られている大きな西瓜《すいか》で――。近隣の百姓が旅人相手に売っていたものだった。

正体を知った品は可笑《おか》しくなり、その場にうずくまって笑い出した。

男はと見ると、はるか遠くに小さく見えるだけで、気づく気配もない。脇目も振らず一所懸命走っている姿に、品はまたもや笑いが込み上げてくるのだ。

ひとしきり笑うと元気が出てきて、よしっ、頑張ろう！　と思うのだった。

蒲田《かまた》に入ると、団子を蒸している茶屋を見つけた。思わずお腹がぐっと鳴る。ここらで休憩もいいわねと、品は団子を注文した。縁台に座って汗を拭っていると、蒸し上がったばかりの団子が出てきた。

一口食べると、団子は温かく、体にゆっくり染み渡っていく。

うまし。

街道をゆく人々を眺めながら、しばし至福の時を味わうのだ。

茶屋を出ると、すでに陽が西に傾いていた。

今日の目的地、川崎宿までは、六郷川《ろくごう》（多摩川下流）を渡らなければならない。品は急いで歩きはじめた。


六郷土手に着いた頃にはすっかり陽は陰り、蜩《ひぐらし》が鳴きはじめていた。何とか最終の渡し舟に乗ることができて、品はほっとした。川面を渡る風が涼しくて、火照《ほて》った体に心地いい。空には、一つ二つと星が光っていた。

向こう岸に着いた時、品の目にぱっと飛び込んできたのは、薄闇に輝くひときわ壮麗な建物で、これがおハツにも勧められた、奈良茶飯で繁盛している万年屋であった。

万年屋は、本来本陣に泊まらねばならない諸大名までもが、参勤交代の際に利用したという宿で、お陰で本陣を廃《すた》れさせたという逸話まで残っているほどだった。品は今宵の宿をここにすることに決めた。


風呂を浴びて、夕食をとり、ようやく人心地がついてくると、足が痛みはじめた。見れば足裏にマメが出来ている。

品は『旅行用心集』を見ながら、針で突っついて水を出し、その上から、宿の女中に持ってきてもらった、うどん粉を溶いたものを塗った。

疲れた足を「よく頑張ったね」とねぎらいながら、丁寧に揉みほぐすと、本の図を見ながら、三里、承山《しょうざん》、通谷《つうこく》のツボにお灸《きゅう》をすえた。いずれも「くたびれたのを治す秘伝」と書かれてあるものだった。

日記を付けていると、階下の座敷から賑やかな声が聞こえてきた。旅人たちの宴会は、まだ続いているようだ。品は胴巻きをしっかりと腹に巻いてから、布団に入った。

暗闇の中で改めて、自分ひとりだと感じていた。

しっかりしなくっちゃ……。

不思議と家のことなど一切思い浮かばずに、品はたちどころに深い眠りに落ちていた。

一日目　八丁堀から川崎宿へ
本日の行程　四里二十四町（一八・三キロメートル）

二日目　川崎宿から保土ヶ谷宿へ

旅人の朝は早い。

夜が明き切らぬうちに宿を発《た》ち、日が暮れる前には目的地の宿場町まで辿り着かねばならない。それだけ夜道が危険だということなのだが、品は違った。

なんと翌朝、起き上がれなかったのだ。初日に張り切り過ぎたせいか、とにかく体がだるくて仕方がなかった。

やむを得ず品は、他の旅人たちが出発したあとに、ゆっくり起き出すと、どうせ遅れついでだと時間をかけて朝食をとった。

宿を出ると、昨夜のお灸が効いたのか、さほど足は痛まなかった。


おハツがつけた道中記では、一日目で、保土ヶ谷宿に着いたと書かれてあったが、品は「そんなはずはないだろう」と考えていた。保土ヶ谷宿は、川崎宿から二つも先なのだ。いくらおハツが健脚でも、そうそう速く歩けるわけがない。自分が呑気《のんき》なだけなのだとは露ほども疑わず、品はおハツが馬か駕籠を使ったのだろうと睨《にら》んでいた。

それが証拠に問屋場では、「駕籠に乗らんかね」としきりに、駕籠かきたちに声をかけられたからだ。品は一瞬迷うが「いや、やっぱりここは歩こう」と思い直した。

今回の旅は、自分ひとりの力でやり遂げたかったのだ。誰の手も借りずに、たったひとりで。

だが、馬や駕籠が忙しく行き交う中を進むうちに、品の心に子供の頃に兄嫁のお勝から聞いた猫の話が甦ってきた。

ある日、お勝が通りを渡ろうとしていた時のこと。向こうから、一頭の早馬が駆けてきた。義姉はすぐに気がついてその場に立ち止まったが、傍らにいた一匹の猫が、突如馬を目がけて走り出したのだという。お勝は驚くが、一旦《いったん》勢いづいた猫は止まれずに突進してゆき、そのまま走ってきた馬に撥《は》ねられたそうだ。

空を舞う猫。

呆気にとられているお勝に、後ろのほうで、煙管《きせる》を燻《くゆ》らせていた人足がつぶやいたそう。

「ありゃあ、牝だな」

なぜ分かるのかとお勝が尋ねると、

「牝猫は、止まるということを知らないからな」と言ったのだという。

牝猫は危ないと悟ると踏み留《とど》まれるが、牝猫は危ないと思っても、止まらずに突っ走っていくそうだ。

それは臆病だからなのだと。怖いと思うと、余計に飛び出してしまうからだそうで……。その話を最初にお勝から聞かされた時、品は同じ女として、お義姉様はこのことをどう捉《とら》えているのだろうかと、呆れてお勝の顔を見つめたものだった。だが、お勝の表情はまったく動ぜず、品はがっかりしたものだ。

しかし今、あの時の牝猫は、まるで私のようだわ、と思うのだ。

ひとり旅なんて、怖くて、怖くて、しょうがないのに、思わず駆け出してしまう。そんな牝猫と自分の姿が重なって見えるのだ。

鶴見《つるみ》橋を渡ったところで、茶屋の娘に誘われるまま、品は〝よねまんぢう〟を食した。

よねまんぢうは、鶴屋と亀屋が有名だが、饅頭《まんじゅう》というよりも餅に近く、一口嚙むと柔らかく伸びた。けれどいかんせん、甘い物を補給しても二日目の足取りはどうにも重かった。なかなか思うように距離が縮まらず、次第に気分も暗くなっていく。

昼食をとるために入った旅籠では、品が遅めの食事をしていると、出しぬけに老人がやって来て目の前に座った。他に空いている席はいくらでもあろうに、何故《なぜ》かわざわざ品の前に座るのだ。しかも品とは目も合わせずにそっぽを向く。

慌てて女中が飛んできて謝った。

「すみません。この方いつもここへ座るもので……」

なるほど、つまり常連客がいつものように来てみれば、別の客がいるので不機嫌になった、という訳か。

私は招かれざる客なのね……。

そう思うと、品は残りのご飯をかき込んでは大急ぎで席を立つのだった。

街道を歩いていると、後ろからドンとぶつかってきた者がいる。

「痛ッ！」

思わず声が出るが、突き飛ばした男は品などに目もくれず、先を歩く女ふたり連れを追いかけていく。そして追いつくと、今度はさかんに話しかけるのだが、娘たちはくすくす笑うだけで一向に取り合おうとはしなかった。

品は男の無礼さにも腹を立てたが、なにより自分がここまであからさまに無視されたことに腹を立てていた。

何よッ！　私だって、若い頃には見合いの一つや二つ、引きも切らずに来たものだわ。あなたたちの比じゃなかったわよッ！

誰に言うともなくそうつぶやくと、品はいきなり速度をあげて三人の横を勢いよく、そして華麗に追い抜いていった。しかし若い男女は、中年女の意気地など気にする素振りもなく、お喋りに夢中で笑い声さえ立てているのだった。

しばらくすると、揃いの浴衣を着て供を連れた母娘《おやこ》連れが、こちらへやって来るのが見えた。ふたりは揃いの赤いしごき帯をして、母は白の脚絆、娘は赤の脚絆をつけている。仲睦まじいその姿を見ると、知らず知らずに品の胸は疼《うず》いた。

私はあんな風に、凜と歩いたことなどなかったわ……。

娘の凜は芯《しん》の強いしっかり者で、幼い頃から親の言うことなど聞かず、品の言葉にいちいち逆らった。

そんな娘に、旅などと一緒に誘っても、にべもなく断られただろう。おまけに、「私に、母上のお守りをしろとおっしゃるの」くらいのことは言われたはずだ。

それなのに、目の前の母娘は手を繋《つな》ぎ、互いに労わり合いながら歩いてくるではないか。

チッ！

忌々《いまいま》しげに舌打ちしながら、品はすれ違いざま親子の浴衣を見て、ふん！　と鼻で笑った。

今時ひょうたん柄なんて、誰も着やしないわよ。近頃の流行りは、めでたい「福」の字にあやかった蝙蝠柄《こうもりがら》よ。これだから田舎者は、ほんと野暮なんだから！

腹いせに心の中で、存分にこき下ろしてやった。

街道沿いの茶屋の前で、若い男が客引きをしていた。ここでも娘っ子にばかり声をかけている。またか！　と品は苦々しく思った。

若者は周囲に誰もいなくなると、仕方なさそうに品に声をかけた。

「今お茶を頼むと、団子が一本おまけに――」

だが品の顔を見ると言葉に詰まり、差し出した引札をそっと引っ込めた。

おそらくそれは、品が無言のまま男の顔を、睨《ね》め付けたからに違いなかった。品はもはや口も利けないくらいに疲れ果て、剣呑《けんのん》な顔つきになっていたのだ。

恐怖に顔を引き攣《つ》らせながら、若者がさっと道を開けると、品は黙ってその前を通り過ぎた。


そうやって進んでいくうちに、生麦《なまむぎ》辺りでついに歩けなくなってしまった。やむを得ず品は、傍らにあった茶屋で休憩をとることにした。あまりに体がくたびれたので、少し元気を出そうと酒を頼んでしまったのだが、それがいけなかった。

再び歩きはじめると、だらだらと大粒の汗がしたたり落ちてくる。生あくびも止まらない。体の異変に、品は、しまった！　と思うが、どうにもならない。疲れた足を引きずりながら、どこまでも続く一本道を歩き続けた。

あとで宿に着いてから『旅行用心集』を読むと、空腹時には酒を呑むなと書いてあり、品は大いに反省したのだった。

保土ヶ谷宿に着いたのは、夕刻過ぎ。日が暮れて、闇に怯えながらひたすら歩き、宿場町の灯りが見えた時には、ほっとした。

品には町の光が、ほの温かくすら感じられたのだ。

この日もすぐに眠りに落ちる。

二日目　川崎宿から保土ヶ谷宿へ
本日の行程　三里二十二町（一四・三キロメートル）

三日目　保土ヶ谷から金沢八景へ

今日は東海道を途中からそれ、三浦半島の金沢八景へ向かった。

金沢八景は中国明の僧、心越禅師が能見堂からの眺望を、八編の漢詩に詠んだことから景勝地として広まったもので、品は前々から訪れてみたいと思っていたのだ。ところが、脇道に入ったため、道なき道をとぼとぼ歩く羽目に。おまけに地図にも載っておらず、道を間違え、行きつ戻りつした。

丘陵からの景色を楽しむために目指したのに、なかなか頂上まで辿り着けない。どうにかこうにか着いた頃には、早くも陽が落ちかかっていた。

能見堂からは眼下に海が広がり、夕日に美しく映える猿島、夏島などの島々が点々と見えた。

しかしこれ以上歩けなかったために、この日はそのまま金沢泊まり。道を間違え、ほとほと疲れる。

三日目　保土ヶ谷から金沢八景へ
本日の行程　四里二十六町（一八・六キロメートル）

四日目　金沢八景から江の島へ

昨日とは打って変わって気力充実。

品は朝早くに旅籠を出て、朝夷奈切通《あさいなきりどお》しを突っ切っていくことにした。ここは鎌倉へ出るための近道。今まで随分遠回りをしたが、さすがに今日は江の島まで着きたかった。

山道に入ると、足元はゴツゴツした岩だらけで歩きにくかった。

昨夜は明け方まで雨が降っていたので、道がぬかるみ、ちょっと気を抜くと滑りそうになる。地層が剝《む》き出しの切り立った崖《がけ》が、両側から迫りくるようで怖かった。

途中、熊野神社に参拝する。森閑とした杉林の中を抜けると、傾斜のきつい石段があり、這うようにして上がり切ると、小さな本殿が見えた。

境内には誰もおらずシンとして、まるで深い海の底にでもいるようだった。頭上からは朝の光が燦々《さんさん》と降り注ぎ、鳥のさえずりだけが聞こえてくる。先ほどの杉林を見下ろしながら、あまりの神々しさに品は自然と、木々や空に手を合わせるのだった。慎重に進みながら峠を抜けると、いよいよ鎌倉へと入った。ここは武家の聖地である。

源氏の末裔《まつえい》とされていた徳川家は、頼朝の住んでいた鎌倉を、祖先ゆかりの地と定めていた。そのため幕府は、鎌倉内にある寺社をことのほか手厚く保護していたのだ。徳川に仕える武家の起源もまたここにあるとされ、これらの遺跡を巡る旅が、武士にとっての先祖崇拝の一環ともなっていた。

つまり、鎌倉や頼朝の墓などは、武士が一度は訪れてみたい神聖な場所だったのだ。

品は、源頼朝《みなもとのよりとも》ゆかりの鶴岡八幡宮《つるがおかはちまんぐう》から参詣《さんけい》をはじめた。

広い境内は大勢の見物客で賑わっていた。本宮の脇にある宝物殿には、頼朝公の御像、鎧《よろい》、兜《かぶと》、また、夫人の政子《まさこ》の御手道具などが飾られていた。

そこを出て品が次に向かった先は長谷寺《はせでら》だ。

この寺には、高さ三丈三寸（九・一八メートル）の十一面観世音菩薩《かんぜおんぼさつ》像が祀《まつ》ってある。初めて見る観音様の大きさ、美しさ、荘厳さに、品はただただ目を奪われ、圧倒され、何度も拝んでは溜息をついた。なかなか立ち去り難く、手を合わせながら後ずさると、後ろにいた老爺にぶつかりそうになり、「危ない！」と叱られてしまった。

最後の見物先は、鎌倉の大仏様であった。

高さ三丈七尺（約一一・三メートル）の巨大な大仏像が、露天に鎮座していた。膝下に入口があり、六文払えば中に入って、飾ってある様々な仏像を見ることができた。早速入ってみると、内側は薄暗くて蒸し暑かった。人にぶつからないように、品は気をつけながら見て回った。

このような鎌倉見物は、旅籠か茶屋に頼めば案内を出してくれるのだ。おハツの道中記には、相場は大体、一組一〇〇文と記してあった。商家のカミさん連中は、どうやらここで道案内を頼んだらしいが、品はやはり自力にこだわった。どうしても、自分ひとりの力で完遂したかったのだ。

けれどここまで来れば、江の島まではあとひと息。目と鼻の先だった。

参観後、品は大仏切通しへと向かった。藤沢に出るためにはこの道が一番近いと考えたのだ。藤沢から江の島までは、渡し船が出ている。品はそれに乗ろうと決めていた。

だが切通しを抜けると、今度は鎌倉山が待っていた。この山は、角度が急なうえにくねくねと曲がりくねっており、喘ぎながら登っていくと、峠の途中に一軒だけポツンと建っている蕎麦《そば》屋があった。寺社巡りばかりで、お昼を食べ損ねたことに気がついた品は、この店で休憩を取ることにした。

山の斜面を這いのぼってくる風が、汗をかいた体に心地よく吹きつけてくる。

店の縁台に腰掛けた品は、蕎麦が来るまでの間、もう一度おハツの書いた道中記を読み直そうと取り出した。あとどれくらいで着くだろうと考えたからだ。だが何気なく読んでいた品は「えっ!」と目を疑った。

なんとおハツの覚書には、観音様を拝んだ後に浜へ出て、船で江の島へ渡ったと書いてあるではないか!

「海から眺める風景は、こんなにも格別なものか」

などと感想まで添えてある!

品は仰天した。

しまった! 本当は鎌倉からも船が出ていたんだ。それなのにこの船に乗るくだりを、江の島の対岸から渡ったものと勘違いしていたのだ! たしかに私は、事前に何度もこの記録を読んでいたというのに、見逃していたとは……。

品は慌てた。今からでは山を下りて船に乗るにも間に合わず、しかも今、自分が随分遠回りをしたうえに、山の中で迷っている、ということに気づいてしまったのだ!

大急ぎで蕎麦を啜り終えると、品は店の老婆に江の島へ行くにはどうしたらよいかと尋ねた。

きょとんとしていた老婆は、とりあえず右へ行けばよいと答えた。道が行き止まりになったり、迷ったりしたら、とにかく「右へ、右へ」行けばよいと細い指で示した。

礼を言うなり、品は店から飛び出した。

すでに太陽は西へ向かって、着実に傾きはじめていた。

右へ、右へ

急ぎ足で、山を下りていると、

「ちくしょう、おハツめ！」

品は下駄屋の女房に、むらむらと怒りが湧いてきて、恨み言の一つも言いたくなった。

なぜもっと分かりやすく書いてくれないのか！　船に乗るなら乗ると、なぜちゃんと書いておかないのか！　自分が読み違えただけということを棚にあげ、心の中で罵《のの》しったが、止めた。今はそれどころではないのだ。何はともあれ「右へ、右へ」だ。

二股《ふたまた》に分かれている道に出くわすと、品は「右」へ曲がった。どこが道なのかよく分からない時にも、とりあえず「右」を選んだ。

そうして、坂道を転げるようにして山の中腹まで来ると、突如視界が開け、品はその場に立ち尽くした。

両端が丸みを帯びたそれは、空と海との境界もなく、見渡す限りすべてが水平線というもので……。品はその雄大さにしばし見とれていた。

息を切らしながら、やっとの思いで砂浜へ下り立つと、品は、「あっ！」と叫んで足元へ崩れ落ちた。

そこには、夢にまで見た江の島が、ぽっかり海に浮かんでいたからだ。それはさながら餡《あん》のたっぷり詰まった、嵩《かさ》高いお饅頭のような姿で、絵で見た形そのものだった。

やったわ！　ついにやり遂げたわ。自分ひとりの力でここまで来たんだわ……。

万感胸に迫り、口も利けずに座り込んでいた品は、しばらくそのままの恰好でいたが、程なくしてヨロヨロと立ち上がった。江の島が見えたとはいえ、まだだいぶ距離があったからだ。仕方なく疲れた足を引きずって、一歩、また一歩と、浜辺を進んでいくのだった。

対岸へ着いた頃には、黄昏《たそがれ》に小さな星が瞬いていた。最後の江の島行きの船が出ると言うので、他の旅人たちと一緒に品も乗り込んだ。

海へ出ると、潮風が冷たく肌に突き刺さった。けれども気分は爽快《そうかい》。今までの疲れが全て吹き飛ぶようだった。

島が徐々に近づくにつれ、波に洗われてそそり立つ崖の岩肌までもが、黒々と間近に迫って見えた。

白波が立ち、トンビが舞う。

私を歓迎してくれているようだと思った。

こうして品は、念願だった江の島へ、とうとう辿り着いたのだ。八丁堀を出てから四日目のことだった。

金沢八景から江の島へ
本日の行程　四里十二町（一七・一キロメートル）

五日目　江の島にて

ザザーッ、ザザーッ。

波の音が聞こえる。

その音に混じって、謡が聞こえてきた。

〽 高砂や　この浦舟に　帆を上げて
　月もろともに　出潮の　波の淡路の　島影や
最初は弱く、やがて少しずつ音が大きくなる。
ザザーッ、ザザーッ。
〽 遠く鳴尾《なるお》の沖過ぎて　はや住の江に　着きにけり
　はや住の江に　着きにけり
ザザーッ、ザザーッ。
ザッパーン。
最後には、波が岩に砕け散る音がして、それで目が覚めた。
ああ、夢か。
気がつけば、うっすら汗をかいている。障子に照りつける真夏の太陽が、憎らしいほど眩《まぶし》しかった。蝉の声が遠くに聞こえた。

ああ、よく寝たと、起き上がった品が障子を開けると、爽やかな潮風が吹き込んできた。

昨夜遅くに宿に着き、風呂から上がった品は目を丸くした。部屋には新鮮な魚介類がここぞとばかりに並べられていたからだ。旅先で二の膳までつくのは、この江の島と伊勢だけだというのは聞いたことはあったが、まさかここまでとは思わなかった。二の膳に酒、肴までつく豪勢なご馳走だったのだ。

本膳にはいなだの刺身にからし味噌。竹輪、豆腐、椎茸《しいたけ》が入った汁に、海老、栗、きくらげの坪。それに胡瓜《きゅうり》や茄子《なす》の香物に、めしがついていた。

二の膳には鮑《あわび》貝煮。平《ひら》にはぶりの切身、丸麩《まるふ》、新里芋、椎茸、冬瓜《とうがん》の煮物が入っており、鱸《すずき》の潮汁《うしおじる》に、鯵《あじ》の塩焼き。中酒後にまた酒。肴にはかまぼこ、車海老、新くわい、千巻牛蒡……と続いた。

もちろん品は、大いに飲み食いした。

刺身をひとくち口に入れ、サクサクしたのには驚いた。それを酒でキュッと流し込む。車海老や魚の汁も、ふだん品が口にするものよりも、味が濃厚で潮の香りが鼻に残った。

江戸に住む人々も、割合魚は口にしているので、特段海産物に飢えているという訳ではなかったが、それでも、目の前の海で獲《と》れたばかりの新鮮な魚は、甘味まで感じられるほどの美味さなのだった。

これで旅の緊張が一気にほぐれた。すっかり気をよくした品は、旅の話を女中相手に語ったり、酒のお代わりまでもした。そうして昨夜は賑やかに過ごしたのだ。


朝食後、品は荷物を置いたまま、奥の院へと出かけた。

奥の院は山の頂上、江の島の端にあった。途中、ふもとの弁財天に立ち寄った。

江の島の弁天様は、芸能の神として祀られていたこともあり、参詣客には粋筋の女性たちが多く、歌舞伎役者や検校《けんぎょう》なども訪れた。

そのせいか品は、琵琶《びわ》を抱えた生っ白い裸の弁天に、妖《あや》しげな色気を感じるのだった。

境内を出て細い山道を登っていくと、トンビが舞っていた。手を伸ばせば届きそうなほど近い距離で、ピーヒョロロロロと寂しげに鳴いては頭上を旋回していった。

山頂へ着くと眼下に海が見下ろせた。対岸には昨日通ったばかりの鎌倉の浜も見える。その奥には藤沢宿があるはずだった。

ああ、あそこにお重は住んでいるのか……。

行ったこともない土地なのに、品は何だか妙な懐かしさを覚えるのだった。

奥の院でお参りを済ませた後、その先にある岩屋まで見物しようと、品は石段を下りていった。ごつごつした岩場に出ると、海女《あま》が声をかけてきた。

「海に入って鮑をとってきますよ」

旅人のひとりが物珍しくて銭をやると、海女はたちまちのうちに海に潜って鮑をとってきた。周りの者たちが驚いて拍手をすると、

「あれはあらかじめ、海の底に鮑の入った籠《かご》を仕込んでおくんですよ。そして銭をもらうと、多く出した者には大きい鮑を、少ない者には小さな鮑をとって来るのです」

側にいた初老の男がそう言った。

なるほど……品は感心した。

これならいつでも鮑をとって来られるし、銭の多い少ないにも対処できるという訳だ。

今度は、ぷかぷかと波間に浮かんでいた色の黒い海女の子が、すばやく潜ると、あっという間に魚をとってきた。

これは「かづき芸」と呼ばれる見世物で、子供が銭をもらっては、客に色々な芸を見せるのだ。品は実際に見たことはないが、話に聞く〝鵜飼《うかい》〟のようだと思った。どちらも魚をとってくるが、違いは鳥と人間の子というだけだ。

海女たちの芸を堪能《たんのう》した後、品は波が激しく打ち寄せる岩場へと出た。そして裾が

濡《ぬ》れないように引き上げると、波が引く合間を狙って一気に岩屋まで駆け抜けた。

岩屋の洞窟《どうくつ》の長さは、百二十間（二一八メートル）。

入口で十二文払って中へ入ると、外の暑さが嘘《うそ》のようにひんやりした。

燈明の灯りを頼りに、薄暗い洞穴をそろそろ歩めば、いくつもの仏の石像が並んでいる箇所へ出た。ここは弘法《こうぼう》大師も訪れたと言われる由緒ある石窟《せっくつ》で、つかの間、品は幻想的な雰囲気を味わった。

岩屋を出ると、目の前に巨大な富士山が現れた。海の上に滑らかな弧を描きつつ聳《そび》え立つ壮麗な姿に、思わず息を呑んだ品は、我を忘れて立ちすくむのだった。

岩壁に波が力強く打ちつける。

その音を聞きながら、高台の休憩所で腰を下ろした品。他の旅人たちも思い思いにくつろいで、海を眺めていた。中には弁当を広げて、宴会をはじめる者までいる。

汗を拭いながら浜辺を見下ろしていると、磯遊びをする娘たちの姿が見えた。

女たちは波が寄せるたびに着物の裾を絡《から》げて、キャア、キャア歓声をあげていた。

その無邪気で屈託のない様子に、思わず引き込まれて見入っていると、波しぶきが飛んできて、娘たちの上にキラキラと降りかかった。

品はどきりとした。

美しい……心の底からそう思った。

彼女たちの乱れた髪も、潑剌《はつらつ》とした瞳も、汗ばんだ肌の奥に潜む命の輝きまでもが全て、眩《まばゆ》く感じられるのだ。

それに比べて私には、私には、何が残されているのだろう……。

とっさに目をそらした品は考え込んでしまった。

私はこのまま年老いて、ただ朽ち果ててゆくだけなのだろうか……。

品は小さく溜息をついた。

御高祖頭巾を被った日里の顔が浮かんだ。

品は日里が羨ましかった。何かに夢中になれる日里が。たとえそれが、生活のためとはいえ……。

沈んだ気持ちでいた品の耳元に、突如怒鳴り声が聞こえてきた。

「てめぇ、そんな我儘《わがまま》を言っていいと思ってんのかッ！」

見ると職人風の若い父親が、まだ幼い息子を叱りつけているところだった。どうやら子供は、歩き疲れて拗《す》ねているようだ。

父の怒りに、幼子はどうしていいのか分からずに、しきりに目をキョロキョロさせている。追い打ちをかけるように父親が拳《こぶし》を振り上げた。

「今度やったら、拳骨《げんこつ》だからなッ！」

品は絶句した。

子供相手に何もそんなに、怒らなくてもよいものを。優しく言い聞かせれば、それだけで十分なのに……。

幼児が今にも泣きそうになると、品の心も同様に痛んだ。

幼子の引き攣《つ》った顔が、いつしか子供の頃の新之助と重なっていき――

品ははっと我に返った。

蟬の鳴く声が耳をつんざく。知らぬ間に額にじっとり汗をかいていた。

もしかすると、私はよい母親ではなかったのかもしれない。この父親と同じで、子供のことをちっとも理解していなかったのかも……。後悔で胸が締めつけられそうになり、いたたまれなくなった品は、逃げるようにしてその場を後にした。

宿に向かって足早に歩いていると、いつの間にか辺りに人影はなく、品はひとりになっていた。速度を緩めてそぞろ歩きをしていると、今までは気づかなかった周りの景色が目に飛び込んできた。

気候が違うせいか、八丁堀では見かけない木々や花が咲いている。

黄色い花をたくさんつけた浜辺に咲く菊や、丸い葉先に赤い実のたくさんなる低木など、名も知らぬ植物に品は興味をそそられた。

島全体を見渡すと、それほど背の高くない木々が強風にあおられながら、岩場や崖に必死になってしがみついている。そんな様子がなんともいじらしく、また逞《たくま》しくも感じられるのだった。


品が山道を下りていると、向こうから老夫婦が歩いてきた。ふたりともヨボヨボで杖を突いている。

それでもまだ妻のほうが元気で、歩みののろい夫を、少し歩いては振り返り、少し歩いては振り返りしながら、じっと見つめていた。その目は眇《すがめ》で、怒っているようにも見えるのだ。

老爺のほうは杖にすがってノロノロと、やっとの思いで妻に追いつくが、追いついたかと思うと、老妻はまた無言で歩き出す。老婆の曲がった背中からは、「早くしなさいよッ！」という苛立《いらだ》ちの声が聞こえてくるようだった。

よろめきながらも、驚くほどゆったりな動作で歩むふたり。

妻が先で、夫が後。

離れそうで離れない、絶妙なふたりの距離感は、夫唱婦随ならぬ婦唱夫随といった感じで、品は何だか、可笑しくなってしまった。

おそらくこのご夫婦だって、若い頃は夫が妻の肩を抱いたりして、

「一生、君を守るよ」

なんて囁いたかもしれないのだ。

対して妻だって、恥ずかしそうに、うつむいたままだったのかもしれない。

老夫婦のそんな若い頃を想像しては、品はひそかに楽しんでいた。その姿はいつしか美之助、五島になっている。

だが歳月というのは、なんと残酷なものだろうか。

あれから、どれくらい時が経ったのだろう。

今のふたりは、確実に男女の立場が逆転し、これまで妻を守って先導してきた夫が、今では妻を頼り切り、その後をついて来るのだ！

叱られながら。足手まといにされながら。

それにハタと気がついて、品は愕然となった。

いつか夫婦の関係がひっくり返る日が来るかもしれない？　私と夫にも？

そう考えると、急に品の胸に切なさがこみ上げてきて、悲しみが広がっていった。

すると思いは自《おの》ずと、家にひとり残してきた三左衛門の元へと飛んでいくのだった。

「ハックション！」

その頃、八丁堀の間壁家では、三左衛門が大きなくしゃみをしていた。鼻を擦《こす》りながら、誰か噂をしているなと思った。

今日は非番であったため、のんびり朝食をとっているところだった。新之助はすでにどこかへ出掛けたとみえて姿がなかった。

味噌汁を一口飲んだ三左衛門は、黙って箸を置いた。

まずい……！

三左衛門は給仕をしていたお熊に、最近味を変えたのかと尋ねた。

「それは奥様が、いらっしゃらないからですよ」

お熊は事も無げに答えた。

旦那様はお気づきにならなかったのかもしれませんが、この家のことは全て、奥様が取り仕切っていらしたんですよ。それこそ、妾の世話から、おみおつけの塩加減まで。お熊は「妾」と言う時に、そこだけ語気を強めた。だから私に味付けの文句を言われたって、知りませんよ。

そうべらべらとまくし立てるお熊を、三左衛門は憎々しげに見据えるが、お熊は気にせずプイと横を向くのだった。

仕方なく三左衛門はまた椀《わん》に口をつけるが、やはり味噌汁が……薄い。

「おい、薄いぞ」と言うと、

「そうですか？」

お熊は平然としている。

うぬぬ……と三左衛門の怒りに火がついた。

おのれ、使用人の分際で、主《あるじ》を主とも思わぬその態度！

三左衛門は、しばらく拳をわなわな震わせていたが、やがて諦めた。どうせこの女を叱ったところで、言うことなど聞きはしないだろう。どういう訳だか下女たちは、品の言いつけしか聞かないのだ。仕方なく、三左衛門は自ら台所へ下りていき、味噌汁の鍋に塩を入れようとした。

「おい、どのくらい入れるんだ」

お熊に声をかけると、「適当です」と返ってきた。

「適当ってどれくらいだ」

また聞くと、

「適当と言ったら、適当ですよッ！」

と怒声が飛んできた。

品がいなくなって、まだ五日しか経たないが、もう我が家はこのざまだ。下女は楯《たて》突《つ》き、生意気な口を利き、味噌汁はまずくなる……。

思わず溜息をついた三左衛門。これからどうなることやらと、暗澹《あんたん》たる気持ちになるのだった。

奥の院から戻ると、品は昼餉いをとった。

奈良茶に汁、鯖《さば》、いひの皿、鮑、焼き貝。中皿には小鰈《こがれい》の煮付け、小鯛《こだい》の吸い物。

二階の座敷からは、海に浮かぶ富士のたおやかな姿も見えた。

食事が終わると桟にもたれながら、きらきら光る海を眺めた。

波の音が聞こえてきた。寄せては返すその音は、とても穏やかにたゆたって……。それを聞くうちに、ああ、幸せ……と心からそう思うのだった。

そろそろ帰る時刻が迫っていた。

支払を済ませ、品は旅籠を後にした。

参道をぶらぶら下りながら、土産物屋を見て回った。餞別をくれた人たちの顔を、ひとりひとり思い浮かべながら、貝細工などを買い求めた。

店の亭主が、持っていいかんかねと強力に勧めたのは、なんと鮑の粕漬《かすづ》けで、おハツからもらったのと同じ物だった。美味しかったので、友人たちのために買っていってもよいが、いかんせん荷物になる。できるだけ身軽でいたいからと断るが、「いいから、いいから」と押し切られ、結局八つも購入してしまった。

店主から飛脚便で送ることもできると言われたが、家に戻ったらすぐに配りたかっていた。少し重いかと思いつつ、四つずつ手にぶらさげて石段を下りていくと、今度は饅頭を売っている店に出くわした。湯気の立つ大きな蒸籠《せいろ》にふかされた、茶色と白の饅頭がつやつやと光っている。味見をと差し出されて、つい手が伸びてしまった。

ああ、もし、こんなところを、娘の凜に見られたら大変だったわ。

「母上、これ以上肥え太るおつもり」

なんて嫌味の一つくらいは言われただろう。だとしたら、こんな一人旅も案外良かったのかもしれない。

品がそんなことを思いつつ、あつあつの饅頭を口に入れてみると、こりゃ、うまし！　店の女将に勧められるまま、家への土産に買い求めるのだった。

店を出て振り返ると、なんと看板には、〝夫婦饅頭〟と書いてあるではないか！

品は唖然とした。

何たる不覚！　夫と仲違《なかたが》いしている私が、選《よ》りにもよってこんな名前の饅頭を買ってしまうとは！

嘆いてみたが後の祭りだった。

島の海岸から渡し船に乗った。

いよいよ江の島ともお別れだ。

島影がどんどん遠ざかっていくと、一抹の寂しさがよぎった。

さらば江の島。

品がつぶやくと、船の上を舞っていたトンビが、名残を惜しむように一声鳴いた。

対岸に着くと、さあて、これからどうしようと品は悩んだ。

もちろんこのまま八丁堀へ帰ってもよいのだが、いざとなると足が向かないのだった。何より、妾のいる屋敷に戻りたくなかった。帰宅すれば再び雪野との葛藤《かっとう》の日々が待っているだろう。毎日を不安な気持ちで過ごすのはもう御免だった。

品が決断できずに迷っていると、胸の辺りがざわめいた。

「やっぱり、家にはまだ戻りたくない……」

とりあえず海岸線から、東海道のほうへぶらぶら歩いていった。

奥に入ると、周囲の景色はがらりと変わり、田畑が多くなっていく。畦道《あぜみち》を歩いていると、ささげが植えてあるのが目についた。品の中に幼き日の光景が甦ってきた。

「品さまにお土産です」

色あせた風呂敷包みから、お重が取り出したのは、ささげだった。土産と聞いてどんな玩具かとわくわくしていたが、品はそれを見るなりがっかりしてしまった。野菜など、幼子がもらっても喜ぶはずがないのに……。

品の顔に笑みがこぼれた。

お重の顔は覚えてないのに、ささげの緑色の鮮やかさだけは、しっかりと記憶に残っていた。品はお重の武骨な優しさが嬉しかったのだ。

少しの間考えていたが、やがて顔を上げた。

やっぱりお重に会いたい、お重を探そう！

ひとたびそう決意すると、品は俄然《がぜん》活き活きとしてくるのだった。

記憶の中の黒子

幼い頃に一度会ったきりの乳母に会いに行こうと、思い立ったのはいいが、どうにも手掛かりがなかった。分かっているのは、藤沢周辺の出だということだけだった。

道を急ぎながら、品は懸命に幼き日の記憶を手繰った。何か糸口はないかと頭を巡らすうちに、ある情景が浮かんできた。

それは品がお重の膝の上に乗り、そのごつごつした手で抱きしめられていた時だ。

品はあの頃すでに七つにもなっており、赤ん坊のように膝に座らされることが、何だか照れ臭くて、面映《おもは》ゆくて、無意識にお重の顔を見上げたのだ。

乳母の顎《あご》には二重の肉がつき、鼻の横には黒々とした黒子《ほくろ》がついていた。その黒子があまりにも大きくて立派だったので、品はつい吸い寄せられるようにして触ってしまったのだ。もしかするとこの美味しそうな葡萄《ぶどう》が、もぎ取れるのではないかと考えたからだ。

するとと、お重は軽く顔を振って品の手を払った。それが面白くてまた触る。お重はさらに頭を振った。何度か繰り返すうちに、とうとうお重が音をあげて笑い出し、見ていた人々もつられて笑った。

品の記憶に残るお重は、この笑い声と大きな黒子だった。

そうだ、黒子だと、品はハタと気がついた。これを目印に、探そうと思い決めた。

藤沢宿に着くと、早速品は一軒の茶屋に入って尋ねてみた。昔、江戸で乳母として奉公していた、お重という女を知らないかと。鼻の横に親指大の黒子のある女だと。

「さあてね」

知らないと見えて首を傾《かし》げていた亭主は、親切にも隣の店まで聞きにいってくれた。そこでも分からずに、結局、次から次へと尋ねてくれ、やがてお重を知っているという人物が現れた。

「それなら、長後《ちょうご》村のお重さんだ」

そう言うと、男は村までの行き方を教えてくれた。

品は礼を言って、再び歩き出した。

こうなると、背中に背負った土産物の鮑が妙に嵩張り邪魔に感じられてくるのだ。

品はお重のことを考えていた。

かれこれ四十年以上も前に、別れたきりの私を覚えているだろうか。

知らないと言われたら、どうしよう……。

不安を覚えつつも、教えてもらった村へと向かった。

茜雲　釣り人ふたり

その頃、三左衛門はかつての奉行所の先輩であり、釣り仲間でもある、板倉幸右衛《いたくらさちえ》門《もん》と並んで、大川のほとりで釣り糸を垂れていた。

幸右衛門は温厚な上司で、三左衛門はこの上役に怒られたことなどなく、逆によく遊びに連れていってもらったものだ。幸右衛門が隠居したあとも、ふたりはこうして釣りを楽しんでいた。

暑い一日だった。

いつの間にか、入道雲に西日が射していた。

幸右衛門は心なしか元気がなかった。それもそのはず。朝からこうしていても、小魚一匹釣れなかったからだ。

ふたりは無言のまま釣り糸を垂れていた。ふいに幸右衛門が尋ねた。

「奥方はお元気か」

三左衛門はぎくりとして、曖昧《あいまい》に答えた。

「ええ、まあ」

「そうか、それは良かったな」

幸右衛門は大きくうなずくと、

「お主《ぬし》は奥方を大事にせねばならぬぞ」と言った。

三左衛門は驚いた。

ま、まさか、幸右衛門殿は品がいなくなったことを、すでに知っているのではないか……？　もう皆に知れ渡っているのではないか……？　そんな疑念が湧くが、幸右衛門は気にせず続けた。

「でなければ、わしのようになってしまうからな」

やや間があって三左衛門は聞き返した。

「それはどういう意味でしょうか」

幸右衛門は現役時代、猛烈に働いたという。それこそ朝から晩まで。それは三左衛門も記憶していた。

まだ駆け出しだった自分よりも先に来て、幸右衛門は同心らに指示したり、夜遅くまで訴状の整理をしていたものだ。また一緒に居残りをしていても、自身の分が終わらずとも、三左衛門の調書を手伝ってくれたこともあった。仕事で判断に迷った時、困った時には、いつでも相談に乗ってくれる、頼もしい上司でもあったのだ。

「だからこそわしは、隠居後に妻と行く、伊勢参りを何よりも楽しみにしておったのじゃ」

「奥様とふたりで?」

「そうじゃ、妻には散々迷惑をかけたからのう。これからは女房孝行じゃと思うておったんじゃよ」

「それは、良いことでございますな」

三左衛門は微笑んだ。

幸右衛門の妻、ちえの顔を思い出した。控え目だが、夫を立てる賢夫人という印象だった。

ところが、家督も息子に譲り、さあ、これからは夫婦水入らずで旅へ出掛けるぞ、そう思っていた矢先、妻からこう言い渡されたと言う。

「あなたとは行きたくありません。お友達とならいいけれど……。どうしてもとおっしゃるのなら、おひとりでどうぞ」

それを聞いて、幸右衛門は絶句した。よもやそんな返事が返ってくるなど、思いもしなかったからだ。

もちろん衝撃が収まると、幸右衛門は妻を説得しに掛かった。だが、ちえの意志はがんとして固く、覆すことができなかった。

幸右衛門の話を聞きながら、三左衛門はさっきから黙りこくっていた。何とか言ってやりたいのだが、どんな言葉も出てこない。

時折、隣に座る元上役の横顔を盗み見るが、その表情からは何も読み取れなかった。ただ水の音だけが、ふたりの間に流れていった。

突如、幸右衛門が大きな溜息をついた。

「わしは、女房や子供たちのために、一所懸命に働いたというのに……」

それは深い深い悲しみで……。

「そのわしと一緒には行きたくないだと！　それではわしは、一体何のために、今まで働いてきたのだ……」

三左衛門は頭を垂れて、その言葉にじっと耳を傾けるしかなかった。

見ると、いつの間にか、幸右衛門の目からは涙がこぼれ落ちていた。

三左衛門は驚いた。幸右衛門は決して、人前で泣くような男ではなかったからだ。

けれど今その両眼からは、人目も憚《はばか》らず涙がとめどなく溢れてくるのだ！

「わしは今まで、何のために……」

むせび泣く幸右衛門に、三左衛門はどうすることもできずに、ただ傍らに佇《たたず》んでいるだけなのだった。

目の前には先刻より品の顔が浮かんでは消えていた。三左衛門の胸が疼《うず》いた。今頃品はどうしているだろうか。ふとそんな思いに駆られた。

気がつけば辺り一面夕暮れに包まれており、どこからともなく蜩が鳴きはじめた。空も水も山も木々も、全てが茜色《あかねいろ》に染まっている。

男たちは微動だにしなかった。ただじっと川の流れを見つめるばかりで……。そんな釣り人たちを、川面を渡る涼し気な風が優しく撫でていくのだった。

星降る夜に

あんなに暑かった日中も、陽が陰ると急速に温度が下がり、代わりに地面からはじわじわと熱気が立ち上ってきた。辺りはひっそりと静まり返り、虫の音や蛙《かえる》の鳴き声だけが響いてくる。けれど品にはそんな音も耳に入らずに、さっきから田んぼの中の一本道を、一心に突き進んでいた。

藤沢宿で聞いたお重の住む村まで歩き出したのはいいが、行けども行けども、細い道が続くばかりで……。おまけに道を尋ねようにも人っ子ひとり出会わない。ジリジリしながら足早になるが、とうとう日が暮れてしまったのだ。

朝から歩き詰めの品は、すっかりくたびれてしまった。何とか薄明かりのうちに村へ着きたかったのだが、それらしき光は未《いま》だ見えてはこなかった。

このままだと野宿になってしまうかも……。一抹《いちまつ》の不安の中、一歩、また一歩と品は足を運んでいるが、にもかかわらず土産物で膨らんだ荷物は、無情にもどんどん重たくなっていく。形が崩れてはいけないと、手には夫婦《めおと》饅頭まで提げていて、そういう自分の気遣いすら、今では無性に腹立たしかった。

品は次第に泣きたくなってきた。土産物屋の口車に乗せられて、こんなにたくさんの鮑の輪っぱなんぞを買ってしまったことを、しきりに後悔していた。

私はいつもこうだ！　他人に勧められると嫌とは言えないのだ。

妾のことだって！

雪野のことを思うだけで、胸の奥が軋《きし》んだ。

皆から言われるがままに、調子に乗ってしまって……。

品は唇を噛んだ。誰にでもいい顔をする自分を、心底呪《のろ》いはじめていた。

背中の重みでだんだん体が前のめりになっていく。すでに年寄りのように杖にすがって歩く有様だった。

ええい、いっそここに荷物を捨てていってしまおうか！

そんな衝動にも駆られていた。品はもう何もかもが嫌になっていた。全てを捨て去り、どこへなりと消えてしまいたかった。家も荷物も自分さえも……。そして身軽になりたかった。

一刻も早くこの重さから解放されたい！　それだけが目下のところ、品の一番の望みだったのだ。

遠くのほうで獣の遠吠《とおぼ》えが聞こえた。品はギクリとして立ち止まった。

今のは何？　もしかすると、狼《おおかみ》？

ぶるっと震えた。

くだんの『旅行用心集』には、山中では狼に気をつけろ、と書いてあったではないか！　絶対に野宿などしてはいけないと。

品は青ざめた。

野宿などできない……？　その意味に気づくと、

ギャーッ！

声にならない声で叫んで、その場から一目散に逃げ出した。

足を引きずりながら、品は闇雲に畦道を走った。とっくに息は上がりハアハア喘いでいる。しかも月明かりの道は暗くてよく見えない。やたら自分の鼓動の音ばかりが大きく聞こえてくるようで――。

前へ前へとつんのめりそうになりながら、せわしなく杖を突きつつ走っていると、突如足元が崩れた。

あっ！　と思う間もなく、品の体は宙に浮かんでいた。次の瞬間、

バシャ！

大きな音がしたかと思うと、品は見事、田んぼの中に落ちていた。

状況が呑み込めず、しばらく泥の中でもがいていると、肩に痛みが走った。どうやら畦道から転げ落ちた時に、体をしたたかに打ったようだ。

右肩を押さえながら、品は田んぼの中でうずくまっていた。惨めだった。何だか自分が滑稽に思えた。

痛い……。痛いようう……。

いつの間にか品は、年甲斐《としがい》もなく大声でしゃくり上げていた。

どのくらいそうしていただろうか。やがて涙を拭うと顔を上げた。その瞬間、息が止まった。

目の前に、満天の星が輝いていたからだ。

幾千、幾万の星たちが――。溢れんばかりに――。

品は無限に広がる天空の舞に、ひとしきり魅せられていた。

火打ち石を鳴らすと火花が散り、そこだけ明るくなる。その火を提灯《ちょうちん》に移し替えると、ようやく周りの風景が浮かび上がってきた。

明かりを頼りに、品は水路で手足の泥を落としたが、着物や荷物は汚れたままだった。諦めて土手に腰を下ろすと、流れ星が一つ瞬いた。それを見ているうちに、何やっているんだろう、私。そんな思いが込み上げてきた。

焦って、怒って、何かに怯えて。どうしてそんなに急いでいたのだろうと思った。もっとのんびり歩いても良かったのに。生ぬるい風が吹いてきて、乱れた髪をなびかせていく。

それを合図に腹が鳴った。休憩も取らずに、ここまで歩いてきたのだ。そりゃあお腹も空くだろう。

何か食べ物はないかと、風呂敷包みの中を探すが、大量の鮑と夫婦饅頭しかなかった。

「仕方ない、土産はまた買えばいいか」

そう自分に言い聞かせると、品は饅頭の包みをがさごそと開けた。見ると中味はぐ

ちゃぐちゃで潰れていたが、そんなことを気にしてはいられなかった。丁重につまんで一口頬張《ほおば》ってみると、

うーん、うまし！

すきっ腹のせいか、これまで食べた饅頭の中で一番美味しく感じられた。またたく間に一箱ペロリと平らげると、水筒の水を喉に流し込んだ。

お腹がいっぱいになったところで、「さあ、行くか！」品は立ち上がった。

これからは無理をせず、進むことにした。

周囲は相変わらず何も見えず、遠くに山並みが黒々とするばかりだが、天には星、地には自分ひとり。まるでこの世のすべての富を、独り占めしているかのような気分だった。

品の心に幼い日のある情景が浮かんできた。

あれは夏の日の夕暮れだった。

遊ぶのに夢中になり、いつしか辺りは薄暗くなっていた。友達と別れてひとりになると、急に品は物悲しい気分に襲われた。早く帰らなければならないのに、子供の足では家までが遠く、なかなか辿り着けなかった。いつもは慣れた道なのに、その日に限ってはどうしたことか、まるで見知らぬ場所にでも紛れ込んだみたいで……。それでも奇妙なことに、「怖い」とは感ぜずに、星明かりの下、意気揚々と帰ったものだ

った。

見上げるとあの日と同じ、天の川が流れていて――。こぼれ落ちんばかりの星々の煌めきに感動しながら、不思議と品にはある確信があった。

大丈夫。私は守られている。

ひとりなのにひとりではないような、まるで何者かに抱かれているような、そんな大いなる安心感の中、いつしか品は幼き日と同じく、心躍るような高揚感で満たされていた。胸をつらぬく熱き思いが体の隅々まで充満し、活気に溢れ、足取りも軽く歩いていくのだった。

やがて地平線の向こうに、微かな光が見えてきた。星の瞬きとはまた違う、それは明らかに人家の灯りで、近づくごとに一つ二つと増えていくのだ。

品の口から、ほーっと安堵《あんど》の息が漏れた。

とうとう着いたのだ、お重の住む村に……。

また一つ、品は何かを成し遂げたような気がしていた。大切な何かを……。万感胸に迫りその場にしばらく佇んでいたが、ようやく我に返ると、灯りを目指して再び力強く踏み出すのだった。

村に着くと、お重の家はすぐに見つかった。集落の外れにある大きな農家で、一見して裕福だと分かった。

品は緊張した。果たしてお重は私を覚えているだろうか。もし知らんぷりされたら、どうしよう。

不安を抱えながら、思い切って戸を叩くと、中から出てきた中年女が、品を見るなり目を瞠った。

無理もない。こんな夜遅くに全身泥まみれの、髪も乱れたみすぼらしい女が現れたのだから。品はふいに恥ずかしくなり、慌てて髪を撫でつけた。

「あのう、お重殿のお宅はこちらでしょうか。私、昔江戸の伊藤家で――」

品が最後まで言い終わらないうちに、女は後ろに向かって声を張り上げた。

「婆ちゃん、江戸からお客さんだよ」

しばらくして出てきた老婆を、品ははっとして見つめた。

子供の頃、大きくて逞しいと思っていた体は、今見ると意外にも小さく縮んでいた。白髪頭で粗末な着物を着ていたが、皺《しわ》だらけの顔の真ん中には、あの見覚えのある黒子があった。今では黒々という訳にはいかず、梅干しみたいにしぼんで白茶けてはいたが……。

けれどそれはたしかに、品が幼い頃に夢中になって遊んだ黒子だった。

言葉に詰まった品が、何も言えずに立ち尽くしていると、お重の窪《くぼ》んだ瞳から一筋の涙が流れ落ちた。

「品様、お嬢様……」

お重はそう言うと、品の手を取り、

「ようおいでくださいましたなあ。さあさ、早くお上がりください」

と中へ誘うのだった。

蚕の家

お重は品の家を辞めた後、別の武家屋敷でも奉公していたが、そこも勤め終えると、田舎へ帰って百姓を続けたという。再婚もしたそうだが、二度目の亭主とも何年か前に死に別れ、今では長男夫婦と孫夫婦、そして曾孫《ひまご》たちとともに暮らしていた。息子たちは母屋で暮らし、お重は離れでひとり誰にも気兼ねなく過ごしていた。

品はお重の部屋で、しばらく厄介になることにした。

朝起きると、お重と一緒にご飯を炊いて、昼の分まで作っておく。夜は夜で母屋でご馳走になった。大勢で騒々しく食べる夕餉《ゆうげ》は、徐々に疲れた品の心と体を癒してくれた。

お重の家では、田んぼや畑の他に蚕《かいこ》も飼っていた。食欲旺盛《おうせい》な蚕たちのかさこそと葉を食べる音が、納屋にしつらえた棚の中から、夜寝ている品のもとにまで届くのだ。

出来た繭《まゆ》は糸を取り出して機を織る。それは女たちの仕事だった。

とんとん、からりん、からりん、

とん、からりん、

きゅっきゅ、

そんな調子のいい機を織る音が、一日中聞こえてくるのだ。

お重は近所の子供たちを集めて、行儀作法や書を教えていた。品が一緒に暮らしはじめると、

「このお方は、本物のお武家様の奥方様じゃ。だから、ようく教えていただくのじゃぞ」

などと言って品が代わりに、にわか師匠を務めることもあった。

四、五日、そんな風に子供たちとの賑やかな日々を過ごすうちに、次第に品の気持ちもほぐれていった。

そうなると次は、こんな気持ちを誰かに聞いて欲しくなる。心の襞《ひだ》の奥底まで、誰かに話を聞いてもらいたくなった。

よく考えると、品にとってその相手とは、やはり夫の三左衛門をおいては他にいないのだった。

第六章　こひぶみ

片便り

三左衛門様

こんなに改まった手紙を書くのは、長い結婚生活の中で初めてかもしれません。突然何の連絡もせず、家を出てしまい申し訳ありません。この手紙は片便りになるやもしれませんが、飛脚に託して送ります。

さて、いざとなると何を書いていいものやら迷いますが、まずは私の心の内からお話ししたいと思います。

私たちが婚姻してから、かれこれ三十年が経とうとしております。

この間様々な出来事があり、そのたびに立ち止まっては悩み、また歩いては立ち止まりと、ふたりで乗り越えてまいりました。

子供たちの手も離れ、それぞれに旅立っていくようになると、最近の私は、何をしてよいのやら、分からなくなる時がありました。

一日中、ぼーっとしたり、やる気が出ずに、朝起きられなかったり、布団から出られなかったりと、そんな日もありました。

新之助のことも気がかりで、早くあなたに家督を譲ってもらい一人前にさせるか、親子勤めの算段をしていただきたかったのですが、それも取り合ってもらえずに、悶々と過ごしておりました。

あなたは私の言葉など一切聞こうとはしないのに、そのくせ夜のほうは求めるばかりで……。私はほとほと嫌になってしまったのです。

三左衛門様、私たちはとっくに孫もいるような老人なのですよ。正直言って、私は参っておりました。迷惑にも感じておりました。

もちろん、私だって男の方がいつまでもあるのは、承知しております。けれど私の気持ちとしては、もう、いい！　もう、終わりじゃない？　という思いのほうが強かったのです。

だからこそあなたのために、私は妾まで用意したのですよ。あなたの気がいくらかでも済むように、私以外の女子にも興味を持ってもらいたくて、そうしたのです。


けれど、そんな私の浅はかさが、思いも寄らない結果を生むとは、その時の私は露ほども考えてはおりませんでしたが……。

まさか、まさかあなたが、あの娘を見初めるなんて……一体誰が予測したでしょう。

私がどれほど失望したか。無力感、敗北感に打ちのめされたか、あなたはご存知ないでしょう。


たしかに、あなたに妾をあてがったのは私です。それは反省しております。安易な手段であったと今は思っています。他の女など、易々と家へ引き入れるべきではなかったのです。

にもかかわらず、やはり私はあなたに、私を一番に想って欲しかったのです。

私だけを変わらずに、大事にして欲しかったのです！

何を今さらと、あなたはお思いでしょうね。自分でも、なんて馬鹿なことを、と思っているのですが……。

それでも夜ごと、雪野があなたの部屋へ忍んでゆく、あのぎしり、ぎしりという床板の軋む音を聞くたびに、胃のあたりがきゅっと絞られ、苦しくて、身悶えするのに疲れ果て……。そしてなによりも、あなたと雪野の仲を想像するのが、辛くて、切なくて……。居たたまれずに……とうとう旅に出てしまいました。

江の島までは、五日かけて見て参りました。

おお、品は随分歩くのが遅いな、などと思わないでくださいまし。これでも私、頑張りましたのよ。ひとりで歩き通したのです。体を動かすことが大嫌いなこの私が。ここは、褒めて下すっても結構です。

ひとりで旅をすると、どうでもよいところにまで気がついてしまいますね。ふだん見えない点まで見えてしまうというか……。

江の島で、まだほんの幼い子供を叱りつける親に出会いました。なにもそこまで、怒らなくともよいではないかと思いましたが、はて、ならば我が身はどうであったのかと振り返っておりました。

子育てが終わってみればこそ、少しずつ見えてくるものもありますね。

本当は子供なんて、それほど叱らなくても良かったのです。

今ならそう言えるのですが、若い頃にはなかなか分かりませんでした。そんなことをここへきて、悔やんだりしております。


江の島を出てからは、相模の国にある、かつて私の乳母をしてくれたお重の家で厄介になっております。藤沢でお重の家はこの辺だったはずと思うと、居ても立ってもいられずに訪ねてしまいました。

別れてから四十三年も経つので、とっくに私のことなど、覚えてはいないだろうと思っておりましたが、会ってすぐに、私が誰だか分かったようで、何も聞かずに家へ招いてくれました。


私には母がおりませんでしょう。今はまるで母に仕えるように、お重に孝行してゆきたいと思っているのです。

お重の家は大きな農家で、朝になると鶏が鳴いて卵を産むんですよ。

納屋では蚕も飼っているのです。私も見せてもらいましたが、小さくて白い蚕が一所懸命に桑の葉を食べていて、その様子があまりにも可愛らしいので、ずっと見ていても飽きないくらいです。

母屋に住むお重の孫や、ひ孫に当たる子供たちとも仲良くなり、朝になると、彼らが離れにやってきては、「お品様、あそぼ」と声をかけてくれるのです。

だから私も、この子らと桑の葉を摘むお手伝いをしているのです。蚕はよく食べるので、桑が足りなくなると遠くの畑まで荷車を押して刈り取りに行くのです。なんだか近頃、このような手伝いが楽しくて仕方がないのです。

あなたや新之助、お義母さまには申し訳ないのですが、できれば、もう少しここにおりたいと思っています。

ご迷惑をおかけしますが、何卒よろしくお願いいたします。

品　拝

最初で最後の手紙のつもりで、品は長い手紙を書き送った。表現が率直過ぎるのではないかとも思ったが、どうせ書くなら、これまでの気持ちをちゃんと伝えようと思った。嘘偽りなく。

返事は来ないものと覚悟していたが、しばらくすると、三左衛門からも長い手紙が届いたのだった。

お品殿へ

消息が分からず心配していた矢先、ようやく連絡があり安堵いたしておるところです。

こちらはあなたが居なくなり、ほとほと困り果てておりますが、なんとか無事に皆頑張っております。

そちらでは何か不自由はござらぬか。持ち金は足りておりますか。もし足らぬなら言って下され。次の便ででもお送りいたします。

雪野はもうおりません。

そう書くと、あなたは安心するでしょうか。

雪野は、あなたが出立した後、出入りの青物売りと駆け落ちしてしまい、それっきりです。買ってやった着物や簪も全部持って行ってしまいました。後でお熊に聞くと、ふたりは以前から怪しかったとのこと。ほんに女というものは、よう分からぬものよのう……とつくづく呆れておるところです。

この件を聞きつけて、口入屋の長吉という者が飛んでまいって、平謝りに謝っておりましたが、わしは「もういい」と撥ねつけてやりました。

残りの奉公期間分は、返金いたします、とも言っておったが、それには及ばんと断りもうした。残りの日数もそんなになかったのでな。

それよりも品、お前さんは雪野に七両も払ったそうだな、え？　いくら何でも払い過ぎだろう。あれにそれほどの価値はないぞ！

全く、これだから女は……。これからは、家計をもっと引き締めてくだされよ。くれぐれも無駄遣いなどせぬように。

けれど雪野がいなくなり、実を言うと、わしは内心ほっとしておるのじゃ。やっと厄介払いが出来たと思うてな。

わしは、雪野とは何もなかった。

これは本当だ。信じて欲しい。

お前様がわしに内緒で、勝手に妾なんぞを雇い入れ、しかも選りに選ってあんなひどいのを世話するので、少々懲らしめてやらねばと思い、雪野に命じてわざと芝居を打っておったのだ。

どうじゃ、わしの演技力もなかなかのものだろう。

お前さんは、すっかり騙されて意気消沈しておったな。それを見て、わしはいい気味だと、心の中で舌を出しておったのじゃ。これに懲りて、少しは亭主を大事にしてくだされよ、奥方殿。

大体、雪野はわしではなく、若い新之助のほうに色目を使うておったわ。こしゃくな。新之助は新之助で、雪野にまとわりつかれて、うんざりしていたようで、とうとう自分で調合した変な薬を飲ませておったな。

「私が好きなら、この薬を飲めるか」などと言いおって。あれは絶対に、自分で作った新薬を人の体で試したかったからに違いない。

ところが、それを嬉々として飲んだ雪野は、突然倒れ込み、大の字になって、ガーガー鼾をかきながら眠ってしまったのだ。

驚いたのはお熊じゃ。

お熊は、座敷に雪野が転がっているのを見て、てっきり死んだものだと勘違いして、大騒ぎになってしまった。

あとは推して知るべし……。

まあ、憎めない娘だったがな。

お前様は、わしに早く息子に家督を譲って欲しいと思うとるようだが、わしが新之助に家督を譲らぬのは、別に奴の独り立ちを邪魔している訳ではないのだ。わしは新之助に、今は自分の好きなことをしてもらいたいだけなのだ。

わしらの仕事は一度就けば、終身変わらずじゃ。自分に向こうが向くまいが、やり遂げなければならない。

わし自身は、親の跡目を継ぐのは当たり前だと思っていたから、なんの不満もなかったが、新之助は違う。

彼奴には、まだ自分のしたいことがあるのじゃ。傍から見ていても、それは気づくだろう。だからわしが隠居するまでの間、勝手をすればいいと考えているのだ。そのくらいの猶予を与えてやってもよいではないかと思っておるのだ。

幸い、わしはまだまだ現役じゃ。若い者なんぞに負けてはおらん。それはお前様も、ようく承知のはずじゃが。夜の営みに苦労されていたらしい、お前様なら。

　だからこそ、わしが元気なうちは、あいつを好きにさせておきたいのじゃ。こんなこと、今まで面と向かって言ったことなどなかったが……。まあ、言わなくとも分かるだろうと思うていたのだ。

　しかし、口に出して言わねば分からぬことも、たくさんあるなと、こうして手紙を書きながら感じておるところだ。

　わしはこれまで、こういう風に、お前様に自分の気持ちを語ることなど、なかったのかもしれんなあ。


　先日わしは、久しぶりに板倉様と釣りに出掛けたのだ。あの日はなんだか全然釣れなくてなあ。時だけが経つばかりだった。

　夕方近くになって、板倉様がぽつりとおっしゃったのじゃ。

　なんでも奥様を伊勢参りに誘った際の出来事で、こう言われたそうだ。

「あなたとは、一緒に行きたくありません」

　わしは驚いたよ。なぜなら板倉様は、男のわしから見ても好ましい輩なのだ。仕事は出来るし、真面目だし、もちろん女郎買いなんぞしたこともないだろう。そんな幸右衛門殿に奥方は一体、何の不満があると言うのか。

だが板倉様は、分からないと言って首を横に振っておられた。原因はあなたの胸に聞いてご覧なさい、と言われたそうだ。

わしは何も言えんかった。

なぜなら幸右衛門殿が、泣いておられたからじゃ。そう、板倉様は、男泣きに泣いておったのじゃ。それを見るうちに、わしも思わずもらい泣きをしてしまったのだ。

年甲斐もなくな。

そしてふと、お前様のことを思い出したのじゃ。

夫婦というのは一番近くにおるのに、しかも何十年も側におるというのに、それでも相手のことが分からぬものなのだなあ……と。

だからわしもお品殿について、自分が思っていたほどは、なにも知らずにきたのかもしれないなと、そう考えておったのだ。

長くなってしまったな。

それではまたな。

三左衛門　拝

三左衛門様

まさかお返事をいただけるとは、思いも寄りませんでした。けれど、初めてのことに驚くとともに、とても嬉しく思いました。

雪野は、そうですか。駆け落ちとはねぇ……。あの娘もなかなかやるものですね。雪野との取り決めは、次はなしにしようと考えておりましたので、案外これで良かったのかも。

とはいえ、今回私は、この者からたくさんの事を教わった気がいたしております。まずは安易に他人を家に引き入れてはいけない、ということと、もう一つは、相手の意見も聴かずに、物事を進めてはいけないのだ、ということです。とくに家族の場合は。その点はあなたにも申し訳なかったと思うところです。

板倉様のお話はとても心に響きました。さぞや寂しかったことでしょう。しかしながら、奥様のお気持ちを考えると、やはり胸中よぎるものがございます。一番の原因はあなたのおっしゃる通り、よく分からなかった、ということなのかもしれませんね。

長年夫婦でいると、いつの間にかきちんと言葉を交わすとか、気持ちをちゃんと交じり合わせるといったことを、おろそかにしてしまいがちです。

最初は些細な事柄でも、そういったすれ違いの積み重ねで、次第にお互いの気持ちが離れていってしまうのかもしれません。

けれど、殿方は大変ですね。一所懸命に働いてきた結末がこれだなんて、あまりに悲しすぎます。

板倉様ご夫妻が上手くゆくように、微力ながら私も祈っております。

あなた様のお手紙を拝見しておりまして、私が思い出したのは、江の島で見かけたご夫婦のことです。

どちらも杖を突いており、立っているのもやっとな状態ですが、それでもまだ、妻のほうがお元気で、先に立っておられました。

私、このおふたりを見ていて、おそらく夫婦というものは年を経るにしたがって、関係性も変わっていくのではないかと思ったのです。

彼らだって若い頃は、ご亭主が先に立ち、奥様を守っていたことでしょう。妻は付き従っていくだけで。けれど年を取り、体が言うことを利かなくなると、今度は奥様のほうがご主人を引っ張っていく。ご亭主は黙ってついて行くのみで。それを見ているうちに、ああ、夫婦って、何なのだろう……と思ってしまったのです。

結局、永遠に続く関係などどこにもなくて、夫婦は元の形を少しずつ変えながら、連綿と続いていくのでしょうね。

昔は、夫唱婦随。

今は、婦唱夫随。

そう考えていると、なんだか可笑しくなってきて……。

同時に、私たちはこれからどうなっていくのだろう、なんて考えたりもして……。

三左衛門様、これより先はひょっとすると私のほうが、あなたを引っ張っていくかもしれませんよ。覚悟なさいませ。


私には、一つの夢があるのです。

子供の頃、親戚の家で見た掛け軸。そこに描かれていた「相生の松」には、仲睦まじい老夫婦の姿が描かれていたのです。

私は子供心に、「ああ、こんな風に穏やかに、年を追えたらいいなあ」といつも思っていたのです。いつまでも仲良く暮らせたらと。

けれど、いざ夫婦になってみると、それがいかに難しいかは、身をもって体験している最中でございますが……。

それでもあの姿は私の理想です。

ああいった年の取り方が出来たならと、羨ましく思います。

品　拝

お品殿へ

旅先で気になる老爺老婆に出会ったとか。たしかに年を取ると、夫婦とは何かを考えさせられるな。

わしが年を取り、体が動かなくなったら、その時はよろしく頼むよ。くれぐれも、報復など考えぬようにな。

「相生の松」に描かれた老夫婦の姿は、おそらくそこへ至るまでの間、ふたりの中で、たくさんの諍いがあったに違いないと想像できるよ。それを乗り越えた者だけが、静謐な境地に辿り着くのではなかろうか。わしはお前さんの手紙を読んで、そう感じたよ。

わしらがあの〝松の精霊〟の心境へ到達するまでには、あとどれくらいの喧嘩と忍耐と歳月が必要なのだろうか。考えるとぞっとするよ……。

〝相生〟で思い出したが、わしらの婚姻の時に「高砂」を詠じてくれた彦吉叔父がいただろう？　実は叔父上は、嫁入り前のお前をこっそり見に行ってきたといい、わしにこう耳打ちしたのだ。

「三左衛門、あの娘はやめとけ、あれは気が強そうだ」と。

なんでもお前さんが、天神様を参拝していた時に、順番を待たずに横から入って来た者に一歩も引かずに、素知らぬ顔でぐいぐい押し返していたからなのだそうだが……。

大の男相手に足を踏ん張り、梃子《てこ》でも動かぬその様子に、こりゃ三左衛門は尻に敷かれるわいと思ったそうな。

でもわしは、気が強い女なら大丈夫と思ったのだ。安心して家を任せられると。

やや、なんだかつまらん昔話をしてしまったな。

どうか忘れてくれ。

三左衛門　拝

三左衛門様

まあ、そのようなことがあったのですか。叔父様ったら、人が悪い。気が強いだなんて……。でも私自身は、そんな出来事があったなんて、ちっとも覚えていないのです。

そういう私も本当は結婚する前に、一度だけあなたをこっそり見に行ったのですよ。兄が八丁堀に嫁がせるのはどうかと、しきりに心配するものですから、あなたがどんな方なのか、この目で確かめてみようと思ったのです。

なので、忘れもしないあの冬の朝、私はまだ夜も明けきらぬうちに家を出て、日本橋の呉服屋で、あなたが出仕するのを今か今かと待っていたのです。

するとお供を従え、通りの向こうからやって来たのは、雪駄をちゃらちゃら響かせた、なんとまあ、軽薄そうな若者で……。

けれどその瞳は、何か物珍しいものでもないかというように楽し気に輝いていて、私は一遍で胸を矢で射抜かれたのです。

本当にその時には、どこからともなく馬のいななきが聞こえてきて、ヒュンと矢が放たれる音がしたものです。

そして、この方となら一生添い遂げられると、なんとなく感じたものでした。

ああ、近頃は年のせいか、なんだか古い記憶ばかりが思い起こされますねぇ……。お恥ずかしい限りです。

ところで私は最近、村の中や近所の裏山を散策しているのです。結構珍しい草花を見かけることも多くて、一つの楽しみになっております。

そう言えば江の島にも、江戸では見たことのない立ち木などが生えておりました。良かったら今度、新之助に言って、植物の本や生薬の本を送ってはもらえないでしょうか。

私もいろいろと、草花の名前を覚えてみたいのです。

どうぞよろしくお願いします。

品　拝

お品殿へ

そうであったか。見られていたとはな。いやはや、何とも……。

ときに覚えておるか。わしらが一緒になってすぐの頃、ふたりで歩いていると、八丁堀の子供らがこちらを見ては、何事か言い合って騒いだりしていたであろう。後ろをついて回ったりして。

今、わしの下で働いておる市田作之介が言うには、あの頃のわしらは、界隈でも評判の美男美女だったそうだ。一対の雛人形のようだったと。現在では考えられんことだがな。このように腹の突き出たわしと、帯も足らぬほどぽっちゃりしたお前とでは。

しかし、わしらにもそんな時代があったのだな。

わしは少し、お前様に甘え過ぎていたのかもしれんな。

最近、そうも考えるのだ。

本の件は新之助に言って送らせよう。

それではまたな。

三左衛門　拝

三左衛門様

本が届きました。有難うございました。

新之助にもお礼を言っておいてください。

この本を持って、天気のよい日には、近くの野山を散策するのが、すっかり私の日課となってしまいました。

今度逢った時には、驚きなさいませ。私、少々すっきりいたしましたのよ。もうぽっちゃり、などとは言わせません。

今はお重に言われた通り、本に載っている草を摘み取り、乾燥させたり、煎じたり、または粉に挽いたりして、いろいろと薬効を試しているところです。食事に混ぜて食べたりしているのですが、これがなかなかおいしいんですよ。こちらへ来てから、随分体調が良くなった気がいたします。

今日は、母屋の子供たちと一緒に桑の実を取って来て、おやつ代わりに刻んだ桑の葉のお茶でいただいたところです。

成子と同じ年だという、はなという娘など、手や口の周りを真っ黒にして頬張り、もしここに成子がいたのなら、きっと喜んで食べただろうにと、ちょっぴり残念に思いました。

お重にはいつも驚かされます。何でも知っているし、とても智恵があるのです。どうしたらあんな風に、素敵に年を重ねられるのだろう、と不思議に思っているところです。

先日、いつものように本を持って山の中へ入りました。山には登り口が二つあり、今日は別の道で行ってみようと思い、いつもより険しい坂道を上がって行ったのです。そのせいでしょうか。道がどんどん細く狭くなってゆき、すぐ側に迫る赤い岩肌からは、ちょろちょろと湧水が流れ出たりしておりました。

薄暗い山腹をこの道でいいものか、それとも戻ったほうがよいのだろうかと迷っていると、遠くでせせらぎの音が聞こえてきました。音を頼りにしばらく進んで行くと、急に視界が開け、明るい場所へと出ました。

見下ろすとそこは、燦々と陽光が降り注ぐ小川で、丸木を何本か組んで渡しただけの簡素な橋が架かっていました。

私は滑らないように気をつけながら、慎重に木々の間を下りて行きました。そして、いざ橋を渡ろうとした時に、どこからともなく子供の笑う声が聞こえてきたのです。

驚いて見ると、橋向かいにふたりの童子《どうじ》が立っていました。ひとりは十くらい。もうひとりはまだ幼くて、五つくらいに見えました。一方がもう片方の背におぶさり、ふざけ合っています。

最初は近所の百姓の子らかと思い、辺りを見渡しましたが、こんな場所に家などあろうはずもありません。子供らだけで、このような奥まったところまで入ってきたのかと、なんだか奇妙な感じがいたしました。

子供たちは、橋を渡って来た私を見ると、にこにこしながら「こんにちは」と揃って頭を下げました。とても躾の行き届いた子らで、彼らの笑顔に私も思わず挨拶を返したものです。

私が通り過ぎると、幼いほうの男の子がくすくす笑いながら、年嵩《としかさ》の子の上に乗りかかり、「ねぇ、ねぇ、今度はおいらの番だよ。兄さんが馬になって」などとふざけっこを再開するではありませんか。兄のほうも笑いながら「あはは、くすぐったいから、やめてよ」と弟を振り放そうとします。

けれど弟は諦めません。

「いや、いや、今度はおいらの番」などと言いながら、なおも兄の首にしっかりしがみついてきます。

顔と顔とがくっつきそうになりながらも、ふたりは子犬のようにじゃれ合って、その楽しげな声だけが山の中に響き渡っておりました。

そして、とうとう兄は弟をぶら下げたまま、笑いながら橋を渡って行きました。小さくなる彼らの後ろ姿を眺めているうちに、ふと私は胸が熱くなってしまったのです。どうしたことかその光景に、胸を打たれてしまったのです。

見ると子らの姿は、どこにもありませんでした。微かに笑い声だけが、木々のざわめきのように聞こえてくるだけです。

ひとり取り残された私は、静まり返った山の中で佇んでおりました。光射す木立の中に、消えた兄弟の姿を探して……。

いつしか私の頰を、一筋の涙が流れ落ちてきました。

これは一体どうしたことでしょう。私、なんだかとても泣けてきたのです。

幼い兄弟の、お互いに相手を信頼しきって、頰と頰を寄せ合う姿に、心揺さぶられてしまったのです。

人と人とが愛し合う、そのような当たり前のことに泣けてきたのです。襤褸《ぼろ》をまとっているふたりの姿が、なぜだかとても美しく輝いて見えたのです。

私もあのように人を愛してみたい。

突如、そんな思いが私の中から突き上げてきました。

私もあの童《わらわ》たちのように、相手に心を寄せて、仲睦まじく生きていきたいものだ、と思ったのです。

けれど私にほんの一瞬だけ、その姿を垣間見せてくれた子供たちは、果たして人間だったのでしょうか。それとも幻だったのでしょうか。

山から下りると、入口に小さな祠がありました。もしかすると、童子たちは、山の神様のお使いだったのかも……。そんなことまで考えてしまいました。

私は彼らの姿に、人が生きるとはどういうものかと、教えてもらった気がしたのです。

お重にこの話をすると、「そらあ品様、昼間っから狸に化かされましたなあ」と笑われてしまいましたが……。

今日は何だか、取りとめもない話を書いてしまいました。ご容赦ください。

追伸

今、教えている女の子たちの中に、お春という娘がいるのですが、前回のお稽古の時に「読み書きそろばんの他に、どうして女子にも学問が必要なのですか」と、質問されてしまいました。

私はとっさに、答えは次のお稽古時にすると約束したのですが、正直困っています。何と言って返したらよいのでしょう。お返事が間に合わないことを承知で、戸惑う胸の内を書き綴っております。

品　拜

お品殿へ

お前さんが山の中で出会った童子というのは、本当に神仏の使いだったのかもしれんな。神仏はときに道に迷っている者を助けてくれるというからな。ひたむきに生きてきたお前さんのことだ。神仏もたまには粋な計らいをしてくれたのかもしれないよ。それはよき体験をされましたな。

それにしても「なぜ学問をしなければならないのか」とはまた、難しいお題をもらったものだね。

わしは男なので、何ゆえ学問をしなければならぬのか、など考えもせずに今まで来てしまったが、女子が学問をする意味とは、はて、なんであろう。わしには分からんが……。

もっとも女子には、他にも大切な仕事がある気がしているがの。

まあ、この手紙が着く頃には、すでに稽古の日は過ぎて、お前さんのことだから、さぞかし上手い答えを導き出しているとは思うがね。健闘を祈る。

さて、ここからはわしの頼みだが、どうだろう。そろそろ屋敷に戻って来てはもらえんだろうか。

お前さんが旅立ってから、すでに四十日以上が経とうとしている。その間、我が家はしっちゃかめっちゃか……。家の中は雑然としているし、毎日味のしない味噌汁を飲まされておる。

早々に帰宅して、あのだらけきったお熊やおミヨを一つ、びしっと鍛え直してはくれまいか。それにお忘れか。まもなく衣替えの季節だということを。

そう、わしの熨斗目《のしめ》はどこにあるのだ、ずっと探しておるのだが一向に見つからんのだ。困ったもんじゃ。あれがないと式日に出られんのだ！

母上や凜が来て、大騒ぎして探しているが、勝手が分からずおろおろしておる。お前様の力が要るのじゃ。どうか、一刻も早く帰って来てくだされ。

よろしくお頼み申し上げます。

三左衛門　拝

最後は悲鳴とも嘆きとも受け取れる内容だった。三左衛門がこんな泣き言を言うなんて、これまでならあり得ないことだった。

さらに手紙の端には、

「母上、助けてください、早く母上の作ったご飯が食べたいのです！」などと新之助の字で書きなぐってあった。

品はくすりと笑った。家族の弱った顔が目に浮かぶようだった。近いうちに私も帰らなければならないだろうと品は思った。けれど、まだ私にはやり残したことがある。それが終わるまでは戻れないとも感じていた。

婆の力

その日は仲秋の名月だった。

お重は朝から団子を作り、隠居所の縁側に薄《すすき》を飾った。そして夜になると、品とふたりで皓々《こうこう》と光る満月を眺めていた。

静かな夜で虫の音だけが大きく響いていた。

品は団扇《うちわ》を使いながら、側で座っているお重に、一度聞いてみたいことがあった。

それは、どうしたらそんな風になれるのかだった。

お重の周りはいつも子供たちでいっぱいだった。離れは自分の孫たちのみならず、近所の手習いを習う子らの遊び場にもなっていて、皆先を争ってはお重の膝《ひざ》に座ろうとした。お重は膝に乗ってくる幼子らに、嫌な顔一つ見せずににこにこ笑いながら、ひとりひとりを抱きしめていた。

中にはかつての品のように、お重の鼻についている黒子を摘まんでは遊んでいる子もいるが、そうした時でもお重は、歯の抜けた口を大きく開けて笑っているだけなのだった。

常々品は、そういったお重の態度を不思議に思っていたのだ。どうすればお重のように、心穏やかに日々を過ごせるのだろうと考えていた。

品の問いにお重はじっと考え込んでいたが、やがて顔を上げると、

「品様、それは婆《ばば》の力だと思うのです」と言った。

「婆の力？」

品は驚いて思わず聞き返した。

そんな力、聞いたこともなかった。

「そうですじゃ、婆の力です」

お重は微笑んだ。

「わしら婆には、もう子を産むことはできません。長かった子育ても、ここへきてようやっと終わりました。でも、だからといって、わしらの人生がこれで終わった訳ではないのです。わしらは決して枯れた訳ではありません。まだまだ力が有り余っております。やれることがたくさんありますのじゃ」

「やれることって、何？」

真剣な眼差しで品はお重を見つめた。女子が年を取ってからもできることとは何だろう。

息も漏らさぬその様子に、お重はふふふと笑って、

「そらあ品様、婆がやれることと言ったら、孫や次の世代の子供らを育《はぐく》むことしかあ

りませんがな」と言った。

「婆自らが育てた米や野菜で、子らの腹を満たしてやり、婆がこれまで培ってきた知恵を、渡してやるだけです」

品は押し黙った。

婆の力――。

そんなものが本当にあるのかと思った。何より女は年を取ると、皆、お重のようになれるのだろうか。品は甚だ疑問だった。

「で、では……」

と重ねて聞いてみた。

「どうすれば、そういった婆になれるのですか。孫や下の世代に知恵を授けると言ったって、具体的には、どのようにすればよいのですか」

お重はまたしばらく首を傾げていたが、静かに口を開いた。

「そのままにしておけばよいのです」

品はお重の言葉に衝撃を覚えた。

「そのままに……？」

「そうです、そのままに。そして、子供らを丸ごと受け止めてやりさえすればいいだけです。子らにはどうすればよいのか、自分でちゃあんと分かっておりますから」

お重の皺くちゃな顔を、品は見つめていた。

「わしらのできることと言ったら、子供たちの育つ力を、ほんのちぃとばかり助けてあげることだけですじゃ」

お重は続けた。

「親はどうしても口うるさくなるもの。それは親だから仕方のないことです。親には親の責任があるのでなあ。でも婆には、その子のよいところしか見えんのです。悪いところなど何もなく、みんな可愛らしく見えますのじゃ。だから、丸ごと受け止めてやればよいのです。褒めてやり、抱きしめてやりさえすればよいのです。それが婆の務めだと、重は思うておりますのじゃ」

溜息が品の口から漏れた。

子供にはちゃんと分かっている。自分自身で大きくなる力が備わっている。だから私たち大人は、彼らの力をほんの少し助けるだけでいいとお重は言うのだ。

ふと、品の脳裏を、先日山で見かけた童子たちの姿がよぎった。ふたりは抱き合って笑っていた。瞳には相手に対する全幅の信頼を寄せて。

品ははっとした。

本当に子供たちは、分かっているのかもしれない。人としてどう生きてゆけばよいのかを。そして、どうすれば人と人とが楽しく暮らせるのかを。知らないのは、私たち大人だけなのかもしれない……。

いつしか風が出てきて、月が雲に隠れた。

「わ、私もなれるでしょうか、そのような婆に」

ふいに品の口から、そんな言葉がついて出た。言ってしまってから、思わず目を伏せた。お重に何と言われるか不安だったのだ。

お重は少し驚いた顔をしていたが、すぐさま相好を崩すと、

「なれますとも、品様なら。これまで育んでこられたご自分の叡智《えいち》を、ぜひお子様やお孫様に伝えていってくだされ」

ほっとして顔を上げると、今まで隠れていた月が雲の隙間から顔を覗かせた。

品は思わず息を呑んだ。

月の光に照らされた、お重の姿が輝いて見えたからだ。

その顔がいつしか鎌倉で見かけた、観音様の横顔と重なって——

「わしらにはそんなものしか残してやれんのです。けれどそれが、のちのち子供らにとって、大きな宝物になりますのじゃ」

お重は訥々《とつとつ》と語るのだった。

瞼の母

私がこれまでやってきたこととは、一体何だったのだろうか。

深夜、床についてから、品はいつまでも寝付けなかった。お重から言われた言葉が、頭の隅に引っかかっていた。

女には年を取ってもまだ力が残っている。婆の力で後代の子らを育めばよい、お重はそう言うが……。

けれど私は、何を残してやれるのだろうか、何ができるのか。品にはこれと言って子孫に渡してやれそうなものなど、思いつかないのだった。

〝女の幸せとは、嫁して子を成し、育てること。それ以外にありますか〟

ふいに挑むようなお勝の声が響いた。

兄嫁はそう言っていたけど、でも品には、そういうお勝自身がちっとも幸せそうには見えなかったのだ。いつも何かに追われて、算盤《そろばん》片手に難しい顔をして、いつでもお金の算段に頭を悩ませていたっけ。

お義姉様は幸せだったのかしら……？

品はそんな風に思いを馳《は》せた。

そのお勝もすでに三年前に亡くなっていた。

ぼんやりと天井を眺めながら、品は嘆息した。

これから私は、どのように生きていったらよいのだろうか……。

布団の中でじりじりしながら身を横たえていると、世界は急速に静まり返り、さっきまで聞こえていた虫の音さえも聞こえなくなった。

時だけが刻一刻と過ぎていく。

出し抜けに言い知れぬ孤独感が品を襲った。

まるで自分だけがこの世にたったひとり、取り残されているような、どんなにあがいてもただ虚しく空を摑むような、そんな心細さを感じていた。品は恐ろしさのあまり小さく体を丸めた。そうしているうちにだんだんと息苦しくなり、呼吸が次第に荒くなっていく。肩で息つく頃になると、助けを求めて布団から手を伸ばした。そして、喉の奥から絞り出すように発した言葉は、

「母上……」

というもので――。

それは、自分が生まれてすぐに亡くなったという、母を呼ぶ声だった。

思いがけずその名が出てきたことに面食らいつつも、品は毎年墓参りでしか知らな

い母の面影をいつしか激しく求めていた。

母上、母上……。

知らず知らずのうちに、品の口から嗚咽《おえつ》が漏れた。

切ない胸のうちを聞いてもらいたくて、抱きしめてもらいたくて、品は返事のない闇の中へと、いつまでも母を乞《こ》い続けていた。


翌日。

蟬の声が割れんばかりに響く中、隠居所では、女の子たちが熱心に机に向かって手習いに励んでいた。品は子供たちの間を見て回りながら、時々手を添えて教えていた。

今日も朝から暑い一日だった。

それでも縁側に立つと、心なしか吹き抜ける風の中に、一抹の冷たさも感じるのだった。

お稽古が終わると、品は子供らの顔を見渡しながら切り出した。

「この前お春から、なぜ女子《おなご》にも学問が必要なのかと、尋ねられたのですが」

すると女の子たちは一瞬止まるが、やがてめいめい勝手に喋りはじめた。

「それはやっぱり、お金の計算ができないと、人から騙されるからじゃやねぇけ」

「違うよ、よい所へ嫁さ、行くためだよ」

「家《うち》の父ちゃんは、女子に読み書きなんぞいらねって、言っとったぞ！　畑仕事さえできればいいって」

「馬鹿だなお前ら。男に打ち勝つために決まってるじゃねぇけ！　女子も力をつけねばいいようにされちまうからよ」

子供たちが騒がしく言い合うのを、にこにこしながら聞いていた品だったが、ついにひとりの子に振られてしまった。

「先生はどう思うんじゃ」

「そうねぇ……」

皆の視線が集まる中、襟を正して考えていた品は、やがて咳払いを一つすると子供たちに向き直った。

「先生は女子が学問をするのは、必要なことだと思います。それは、学問は自らを高めるものだからです。例えば、トメ」

トメと呼ばれた子は、背筋をぴんと伸ばした。

「たしかに、計算ができないと、お金を誤魔化されたりしますね。大事なことですね」

トメは、へへへと照れたように笑った。

「ヨネの言う、男に打ち勝つために必要だというのも、そうかもしれませんね。お父ちゃんや兄ちゃんたちに、いつまでも好き放題に言わせてはおけませんものね」

女の子たちは一斉に笑った。

「でも先生が一番、学問をしなければならないと思うのは、自分の気持ちに正直になるためではないかと思うのです。自分の気持ちに嘘をつかずに、嫌なら嫌、良いなら良い、と言えるために。いつでも自分の心の中を見つめ、自分を深く知る手立てとして、学問は必要なのではないかと思うのです」

子供たちは、きょとんとしていた。明らかに意味が分かってない様子だった。

しかし品は続けた。

「そして他の人に、自分の気持ちをきちんと伝えること。分かるように伝えること。それには言葉を知り、物事の理《ことわり》を知り、書物を読み、自分のみならず相手の気持ちをも理解すること。それが大切なのではないかと思うのです」

品は自分で言いながら、少し驚いていた。

自分の気持ちを伝えるため、分かるように伝えるためか……。

三左衛門の顔が浮かんできた。

「あなた方の一生は長いのです。子育てが終わった後も続くのです。その時に自分を見失わないように、道に迷わないように、そうして自分自身を表現するためにも、先生は女子にも学問が必要なのではないかと思うのです」

いつしか女の子たちは、品の顔を真っ直《す》ぐ見つめていた。彼女たちの瞳は唖然《あぜん》としながらも、それでも何かを感じとってくれたようだった。

品は少女たちの顔をひとりひとり見ながら、微笑んだ。今は分からなくていい。けれど、いつかこの思いが伝わればそれでいい、そう考えていた。

青い空にぽっかりと雲が一つ浮かんでいる。

軒下に吊《つ》るしてある風鈴がチリンと鳴った。

品は、ああ、ここでの私の役目は終わったのだなあ……としみじみ感じていた。

その夜、夕食が終わると、品はお重に帰る旨を告げた。

衣替えや屋敷の采配も心配ではあったが、すでに品には家へ戻る心の準備が整っていた。何よりひとりで旅に出て、全うできたということが、品に大きな自信を与えていたのだ。

お重は一瞬寂し気な表情になるが、すぐに笑顔になり、

「それがよいですじゃ、品様。ご家族が待っておられますからね」と言うのだった。

品は慌ただしく帰り支度をはじめた。

途中で何度も捨てようと迷った鮑の粕漬けは、とっくにお重の家族にあげていたので、新たに土産を調達しなければならなかった。

悩んだ末に、品は帰りにもう一度、江の島へ立ち寄ることにした。やっぱり江の島らしさを考えると、鮑以外にはあるまいと思ったからだ。けれど、今度はちゃんと飛脚に頼んで、八丁堀まで届けてもらおうと決めていた。

別れの朝。

お重の家族が野菜や乾物などいろいろ持たせてくれたので、それを荷造りして、藤沢宿まで運んでくれることになった。

だが、お重だけは足が悪いので、村はずれで別れることにした。

別れ際、品はお重に紙で包んだお金をそっと渡した。驚いたお重は押し戻し、しばらく紙包みはふたりの間を行ったり来たりしていたが、やがて品が強く押し返して、お重の手にぎゅっと握らせた。

お重は泣きながら、

「品様、ここをお前様の故郷だと思うて、わしが生きている間に、またぜひ訪ねてくだされよ」と言った。

品は何度もうなずいた。

もしかすると、もう二度と会えないかもしれないと思いながら。
そして自分を育ててくれた乳母の小さな肩を抱くと、心の中でつぶやいた。
ありがとう、お重。
……お母ちゃん。

終章　帰還

奥様のお帰り

お重の家を出てから、三日後。品は八丁堀の自宅に帰ってきた。

「ただいま」

突然、門の前に姿を現した品を見て、お熊やおミヨ、八助ら使用人は驚いた。

「お、奥様？」

お熊が恐る恐る声をかけた。そこには日焼けして、すっかり体の引き締まった品がいた。

何だか若返って見え、目には活き活きとした胆力が戻っている。

品は式台に腰掛けながら、おミヨに「濯《すす》ぎ湯を」と言った。

「はいッ！」大声で返事をしたおミヨは、嬉々として台所へ飛んでいった。

品は手拭いで汗を拭うと、

「今日も暑いわね。旦那様が帰って来る頃までには、お風呂の用意をしておかなくっちゃね」

誰とはなしにつぶやくのだ。


夕方になると、三左衛門が帰ってきた。

「お帰りなさいませ」

玄関で出迎えた品を見て、三左衛門は顔色も変えずに「うむ」と一言返しただけだった。

まるでふたりの間には、何事もなかったかのようだ。

刀を品に渡すと、三左衛門はずんずん奥へ歩いていく。その後を、いつものようにしずしずと品もついていくのであった。

風呂場の焚口《たきぐち》で、火吹き竹を使ってお熊が火を熾していると、傍らにいたおミヨが呆れたように言った。

「おら、夫婦って分かんね。あんなに喧嘩してたのに、あっさり、元の鞘《さや》に戻っちまって」

「それが夫婦ってもんだよ」お熊が鼻で笑った。

「夫婦喧嘩は犬も喰わないって言うだろう」

そう言うと、いぶされた煙でむせはじめた。

それを横目で見ながら、

「あーあ、あたし、嫁に行くのが何だか怖くなっちまったわ。嫁さ行くの、止めようかな？」

と、おミヨがぼやいていると、薪《まき》を抱えた八助が来て、

「馬鹿たれ、お前がそんなことを言うのは、十年早いわ」

そう言って、お熊とふたり、顔を見合わせ笑うのだった。

品の覚悟

その晩、品が自室で寛《くつろ》いでいると、外から声がした。

「わしじゃ」

三左衛門だった。

布団の上で寝そべっていた品は、慌てて起き上がるが、襖《ふすま》が開くのが一寸早かった。

三左衛門は「いや、そのままで、そのままで」と言いつつ部屋へ入ると、いきなり品を布団へ転がした。

「あ……痛ッ！」品は悶絶した。

それもそのはず、三左衛門は品の足裏を取ると、自分の膝上に乗せて指で押しはじめたのだ。そして、

「長旅、ご苦労であったな。少し痩せたのではないか」

などと言いながら丁寧に揉みほぐしていった。

「あっ！　そ、そこ……」

あまりの気持ち良さに、品はつい、あられもない声を出してしまう。

「ふぅ……」

指圧が終わると、品は深い溜息をついた。疲れが一気に出て、ぐったりとなってしまった。品の寝乱れた寝間着の裾からは、白い脛《はぎ》が見え隠れした。

三左衛門はまるで吸い寄せられるかのように、その脛を手に取ると、ゆっくりさすりはじめた。

「のう、品。そろそろわしら、また一緒の部屋で寝ないか」

それを聞くと、品は三左衛門の手を思いっきり足で払った。

「イテッ！」

夫の叫ぶ声がしたが、構わず品は飛び起きて居住まいを正した。

「あなたッ、お話があります！」

行灯のともし火が、ジジジと音を立てていた。

しばらく夫の顔を見つめていた品だが、覚悟を決めたように口を開いた。

「三左衛門殿、私は今回旅に出て、色々と思うところがあったのです。なので今一度、自分の気持ちをきちんと整理して、あなたにお伝えせねばと考えていたのです」

品は頭を下げた。

「お願いです。私はこのままこれからも、寝屋を別々にして過ごしたいのです」

三左衛門は当惑した表情を見せるが、品はそのまま続けた。

「それから、交合したい時には、ちゃんと私の意思を尊重していただきたいのです。なし崩し的に手が伸びて、というのではなく」

妻の赤裸々な要求に、あきらかに三左衛門は動揺した様で、咳払い一つするのがやっとだった。

品の言い分では、今まで同じ部屋で寝ていて、夫の都合だけで同衾《どうきん》することが多く、それに自分は合わせていただけなのだと。けれどひとりで寝るようになり、最初のうちこそ寂しかったものの、だんだんと独り寝の自由を満喫するようになったとも。

そんな訳で、これからも別々の部屋で寝て、互いの気持ちが盛り上がった時だけ交わろうと言うのだった。

「それでは、お前の気持ちがそうなった時だけ……すると言うのか」

三左衛門は唸《うな》った。

「そうです」と品は悪びれずに言った。

「これはなにもあなたを嫌っているからではないのです。逆にあなたを大切にしているがゆえのこと。お互いに愛し合い、尊重していれば、当たり前だと思うのです」

品は大真面目に答えるが、三左衛門のほうは腕組みをし、憮然《ぶぜん》とした顔付きを崩さない。そんな夫の態度に品の気持ちは萎《な》えそうになるが、自分で自分を奮い立たせると、努めて明るく言い放った。

「それから私たち、今後は老後に向けて、お互いの友人たちを大切にしていきましょう！」

三左衛門はポカンとした。妻が何を言っているのか分からなかったのだ。だがそれを無視して品は畳みかけるように喋りはじめた。

私たちはこれから先も、ふたりだけで生きていくわけにはまいりません。年を取ればほど世間との付き合いが狭くなるもの。だからこそ、今のうちからそれぞれの友人を大事にして、付き合いを深めてまいりましょう。そして何より、私たちはよく話し合いましょう。たくさん、たくさん語り合いましょう。

そう言うと、品は満面の笑みで三左衛門を見た。

だが、さっきからずっと、三左衛門はだんまりを決め込んだままだった。

もちろん、妻の自分勝手な言い分に腹が立ったが、馬鹿馬鹿しくて、もはや反論する気にもなれなかった。

好きにしろ！と不貞腐《ふてくさ》れていたのだ。

三左衛門が何も言わないので、品の笑顔も凍り付き、そのうち消えてしまった。

しばらくの間、気まずい沈黙が流れたが、やがて品がおずおずと口を開いた。

「初めてでしたね、あなたとの手紙のやりとり」

三左衛門はドキリとした。

「私、嬉しかったのです。あなたとあんな風に心を通わすことができて。あなた、ふだん何もおっしゃらないので、一体何を考えているのか分からなかったのです」

それでも三左衛門は黙りこくっている。

「けれど、手紙の中のあなたはとても饒舌《じょうぜつ》で、心の隅々まで語ってくださって、私気づくと、あなたのことを——」

品はうつむき、

「もう一度、好きになってしまったのです」

三左衛門の目が大きく見開いた。

「藤沢にいたひと月あまり、私は本当に幸せでした。あんなに離れていたのに、あの時ほどあなたのことを身近に感じたことはありませんでした。だから、お願いです。私たち、もっと、もっと、会話をしましょう」

三左衛門は品を見つめた。

「いっぱい、いっぱい、お話ししましょう。そうしてくださると私……」

品は三左衛門を真っ直ぐに見て、

「とっても嬉しいのです」

そう言うと、恥ずかしそうに微笑んだ。

妻の告白を聞きながら、終始仏頂面だった三左衛門だが、最後には口をひん曲げて、

「うむ」とうなずくのだった。

月の光が障子を通して射し込んでいた。

寝床に入ったふたりは、手を握り合って眠っていた。

「今日は一緒に寝たい」

三左衛門がそう言うので、品も快く承知したのだ。

夫の手に触れながら、品は心の中で語りかけた。

私たちずっと、お互いにお互いのことばかり見ていたのね。だから苦しかったのだわ。

でもこれからは、ふたりで同じ景色を見ていきましょう。同じ方向を向いていきましょう。そうやって残りの人生を、夫婦で楽しんでいきましょうね。

目を瞑っている三左衛門の口元が、微かに笑みを浮かべたようだった。

それを見ている品の胸も、じんわり温かくなるのだった。

どこからともなく、ザザーッ、ザザーッと波の音が聞こえてきた。

寄せては返すその音に、ふたりの心音が重なってゆき——

大きな鼓動に包まれながら、いつしか品は眠りに落ちるのだった。

再び日常へ

「奥様ッ、奥様はいらっしゃいますかッ！」

大声がしてドタドタとおハツが入ってきた。それを制しようと、息を切らしたお熊が後から追いかけてくる。

「どうしたのです」

品が驚いていると、涙で化粧も剝《は》げ、幽鬼のようになったおハツが、

「奥様、聞いてくださいよ。ウチの亭主がまた女に入れ込んで、今度は梅奴《うめやっこ》とかいう芸者で、あたしゃもう、どうしていいか分からなくて……」

泣きながら縋《すが》りついてくるのだった。


おハツの話を聞きながら、またか！　と思う半面、品は雪野のことを思い出し、胸が疼いた。

散々喋った後、おハツはようやく落ち着いたとみえて、

「それに比べると、こちらのご夫婦は、いつも仲がよろしくて本当に羨ましいですわ」

溜息混じりにつぶやいた。

品は即座に否定した。

「そんなことはありませんよ」

「えっ」

おハツは目を丸くした。

「私たちも、世間が思うほど仲は良くないのよ。だってこの間まで私が旅に出ていたのは、家出だったんですもの」

そう言うと品は可笑しそうに笑った。

「そうだったんですか」

おハツは拍子抜けした。

ふだんの品なら、絶対にそんなことは言わなかっただろう。品は武家の奥方らしくいつでも毅然《きぜん》として、嫌味なほどにおハツに道を諭し、決して弱音など吐かなかったからだ。

「あ、そうそう、おハツさんにお土産があるのよ」

品は立ち上がると、戸棚の中から菓子折を取り出した。そこには、「夫婦饅頭」と書かれてある。

おハツは啞然とした。

夫婦喧嘩の最中に〝夫婦饅頭〟とは……？

品の真意を測りかねた。

それに気づいて、

「あ、ごめんなさい！　おハツさんの所はてっきり上手くいっていると思ったので」

と品は屈託のない笑顔を見せるのだった。

以前、おハツからは鮑の粕漬けをもらったので、彼女への土産は饅頭を用意しておいたのだが、それがかえってあだとなってしまったようだ。

そして、おハツの書いた道中日記も一緒に返した。

「ありがとう。とても参考になったわ」

よもや文句をつけたとも言えずに、品は素直に礼を述べた。

今までとは違う、品の気取らない態度に、俄然おハツは興味が湧いてきた。

「で、どうして奥様は家出なんかなすったんで？」

心なしか言葉遣いまでくだけてきた。

品は少し考えていたが、

「それがね、ちょっと聞いてよ！」

そう言ったかと思うと、堰を切ったように喋りはじめた。

おハツは品の勢いに押されて、相槌《あいづち》を打つのがせいぜいで……。

ふたりの女は以前より、ぐっと距離が近くなったようだった。

お華のお稽古日。

丁度、藤沢や江の島から送った荷物が届いたので、品はお土産を持って出掛けた。

久しぶりに北見家の座敷へ入っていくと、朋輩たちは一様に驚いて品を見た。

さもありなん、今日の品は、紋の入った薄紫の無地の絹物に、床に届く袘《ふき》からは裏模様が見える裾引き姿で、何とも言えず優雅だったからだ。

襟や裾から覗く襦袢《じゅばん》の緋色も粋で、更紗《さらさ》の帯を文庫に結んでいた。髪は丸髷《まるまげ》の髷をいつもよりも高く結いあげ、鼈甲《べっこう》の櫛《くし》と簪を上品に挿していた。

「まあ、お品様、何だかお綺麗になられたんじゃありません」

調子っぱずれな声をあげたのは、うのだった。

「随分お痩せになったような……」

旗本夫人の高子も、値踏みするようにじろじろ見つめた。

「ほほほ、旅に参りましたお陰で、少し痩せたと見えます」

そう品が言うと、

「まっ、羨ましい!」

「どうしたら、そんなに痩せられますの」

あちらこちらから声があがった。

「いえいえ、何も大したことをした訳では。でも、痩せるのなんて簡単ですわね。ただ毎日歩き回ってさえいればよいだけですもの。皆様も私のようにすれば、すぐに痩せられますわよ」

品は上機嫌になって、ほほほと余裕の笑みを浮かべるのだった。

そして「これは、ほんのつまらない物ですが」と言いながら、土産の鮑を配りはじめた。


何気なく視線を移すと、ひとり離れた所に日里が座っていた。バツが悪そうにあらぬ方を向き、品と視線を合わそうとはしない。一緒に旅へ行けなかったことを、気にしているようだった。

品は彼女を羨ましく思った自分を恥じた。日里は、日里なりに懸命に生きているのだ。自分の持てる力を精いっぱい使って。だから私も同じようにすれば良いだけのことなのだ。私は私なりに、心のおもむくままに生きてゆけばいいのだと思った。

品は日里に近づくと、そっと耳打ちをした。

「ねぇ、奥女中五島と美之助の恋、これからどうなるの。早く続きが読みたいわ」

日里の顔が見る見るうちに綻《ほころ》んだ。

「実は、あの後ふたりには、とんでもない事件が起きて、引き裂かれることになるのよ」

品は慌てて、日里の口を塞いだ。

「あーっ、それ以上、言わないで」

品と日里は顔を見合わせた。

そこには品がよく知る日里がいた。皮肉屋で嫌味ったらしく、そして、たまに優しい日里が。その目が今は驚いたように見開かれて、品を見つめていた。それを見ると品は思わず噴き出した。

あはは、あはは。

つられて日里も笑い出す。

あはは、あっはは。

ふたりは肩を抱き合い笑っていた。目尻に涙を溜《た》めながら。その姿はまるで子供のよう、子犬がじゃれ合っているかのようにも見えるのだ。

いつまでもふたりの笑いが収まらないので、周りの人々は呆れ果て何事かと顔を見合わすのだった。


品が屋敷に戻ってくると、お熊が台所で難しい顔をしていた。

「どうしたの、怖い顔して」

「奥様、これをお土産に、皆様にお渡ししたのですか」と鮑の粕漬けを指差した。

「ええ、そうよ。皆さんとても喜んでくれたのよ」

「実は奥様には、前から言おう、言おうと思っていたのですが……」

お熊は言いにくそうに、切り出した。

「噂によるとこの粕漬け、日本橋で作られているそうですよ。つまり江戸で加工して、江の島で売っていると」

それを聞くと、品は頭がくらっとした。

なんですって！　江戸で作られたものですって！

そうとは知らずに、友人たちに配ってしまったと……！

品の気が遠くなった。

「あ、奥様、奥様！」

お熊の呼ぶ声がするが、品の耳にはすでに届いていなかった。

新たなる旅立ち

藤沢より持ち帰った荷物の中に、薬草の種が入っていた。

それは品が野山を歩き回った際に、採取しておいたものだが、自宅へ戻ると、早速、庭に蒔《ま》いておいた。やがてそれらが芽を出すと、今度は帳面に記録をつけはじめた。

まだどうなるとも分からないが、品はお重と一緒に作った、野草を使った料理を、自分でも再現できないかと考えていたのだ。

手はじめに、自分でも草花を育ててみようと思っていた。

「母上」

ふいに声をかけられ振り向くと、新之助だった。

新之助は、品の作った畑を見て「ほお」と感嘆の声をあげた。

「トウキに、オミナエシ、これはセンブリですか」

「クコも植えたのよ。芽が出るといいけれど」

新之助は目をパチクリさせた。

「どうしたのですか、母上。急に植物に目覚めたりして」

「旅先で世話になった乳母のお重に教わったの。薬効があるって。これを使って料理を作り、あなた方にもぜひ食べさせてあげたいわ」

品がそう言うと、

「いいですね。トウキは冷え性や貧血などに効果があり、オミナエシは下痢止めに使えます。ウドは滋養強壮に、センブリは胃によく効くんですよ」

新之助は、すらすらと淀みなく説明しはじめた。

それはいつ止むとも知れない、いつもの新之助の知識自慢ではあったが、品はその博識ぶりに内心舌を巻いていた。

わが子にこんな才能があったとは、そして、それに気がつかなかったとは……今更ながら自分の迂闊《うかつ》さに呆れた。

視線を移すと、隣家の庭には、たわわに実った柿の実が見えた。今年は豊作のようだ。

品は息子に向き直った。

「ところであなたは、真剣に不老不死の薬を作ろうと思っているのですか」

その瞬間、新之助は雷に打たれたようになった。

「そうです！　それが私の夢なのです。誰も死なないって、素晴らしいとは思いませんか！」それからはまるで、何かに取《と》り憑《つ》かれでもしたかのように喋りはじめた。

私は死ぬのが本当に怖いのです。死にたくはないのです。だから、不老不死の薬を作ってみたいのです。たしかに、私の生きている間には出来ないかもしれません。かの秦《しん》の始皇帝でさえ、莫大《ばくだい》な財力をつぎ込んでも出来ませんでした。私如《ごと》きにできるのだろうかとは悩みます。

けれど不老不死は無理でも、せめて老化を遅らせるくらいは、できるのではないかと思うのです。私は年も取りたくない。皆、よく年を取るのが平気ですね。私は駄目だ。正直怖いのです……。だから、絶対に不老不死の薬を作りたいのです。諦めたくはないのです！

品は、いつまでも喋り続ける息子の言葉を遮った。

「なら、頑張って」

「そう、頑張って……へっ？」

肩すかしを食らって、新之助は驚いた。そしてまじまじと品の顔を見た。しかし、母の顔を覗き込んでも、特に乱心したという訳でもなさそうだった。新之助は困惑した。

これまでの品なら、馬鹿なことを言わずにさっさと家督を継ぎなさい！　とでも言うところなのに……。新之助は母の態度にかえって不安を覚えた。何か魂胆があるに違いないと思ったのだ。けれど、

「そんなに好きなら、やってみればよいと思う。後悔しないように」

さらに品がそう告げたので、新之助はいよいよ言葉に窮した。その目は落ち着きなく揺れ動き、何か言いたげだった。

ムクドリが来て、隣家の柿の木の枝に止まった。けたたましく鳴いていたかと思うと、やがてどこかへ行ってしまった。

つかの間、静寂が訪れた。

「母上、もう嘘はつかないでくださいね」

ふいに新之助が口を開いた。

品はどきっとした。

だが、新之助の眼鏡の奥の瞳は微笑んでいた。

品にはその言葉の意味が、十分過ぎるほど分かっていた。

新之助は私に、正直に生きて欲しい、と願っているのだ。

自分の気持ちに正直に——。

品は小さく息を吐くと、新之助の目をしっかり見つめ返した。

「もう、嘘はつかないよ」


突如ギィと裏木戸が開いて、出し抜けに榕庵が入ってきた。

相変わらずのとぼけた顔で、品や新之助がいるのにも気づかず、足音を忍ばせやって来る。その姿は、まさしくこそ泥、否、泥棒鼠のようだと品は思った。そして、じっと見つめている品と目が合うと、「しまった！」という表情になり、こそこそ逃げだそうとした。

新之助が慌てて呼び止めた。

「先生、お待ちください。ただ今、父を呼んでまいりますので」

そう言って新之助が足早に庭から出ていくと、品は榕庵とふたりきりで取り残された。とたんに辺りに気まずい空気が流れはじめた。

「これは」

榕庵が品の畑に気づいた。

「薬草か何かですか。ややっ、これはトウキ？　センブリも、サイコまで」

一目で草の種類を言い当てる榕庵に、品は感心した。元はと言えば、息子に漢方の知識を授けてくれたのもこの男だったのだ。

「はい、私も薬草の魅力に囚《とら》われてしまったのです。面白いですね。新之助が夢中になる気持ちも分かる気がいたします」

その言葉に榕庵は、へーっと品を見つめた。そこには、今初めて品を見知ったというような、新鮮な驚きが窺えた。

品は照れながら笑顔になった。

「先生、新之助にここまで教えてくださったのは、先生なんですよね。本当にありがとうございました」

そう言うと品は深々と頭を下げた。

それを見ると、榕庵は気が動転したようになった。

「あのお品殿が……わしに頭を下げた？」

信じられない！　といった感じで、急にソワソワと落ち着きがなくなるのだ。

そんな慌てふためく榕庵をよそに、

「どうぞ今後とも、息子のことを、よろしくご指導くださいませ」

品は改めて頭を下げるのだった。

品は内心考えていた。

薬草が育ったら、色々な料理に使おう。お茶にして飲むとか。

そうだ！　お重からもらった桑の葉茶がまだあったわね。日里たちを呼んでふるまってあげよう。

となると当然これに見合うお菓子は？

しばらく考えていて、閃《ひらめ》いた。

うん、ここはやっぱり、桔梗屋《ききょうや》の金鍔《きんつば》よね。

秋の空　今日も洗濯日和

ある晴れた日。

間壁家では、秋の衣替えがはじまっていた。

この日のために、品は二、三日前から準備を怠らず、お天気を見ながら手伝いを頼んでおいたのだ。

今日は家族全員分の夏の単《ひとえ》を洗って干し、冬に向けて綿を入れて縫い直すという作業をするのだ。家族の中には、当然使用人の分や布団などの寝具類も含まれている。衣替えをそつなくこなすのが、一家の主婦の重要な役目であり、なおかつお針仕事の腕の見せ所でもあった。

家族が多いと一日では終わらずに、二、三日に分けて洗うこともあるが、今日のようなお天気ならば一日で終わりそうだった。

だから品は、昨夜から、働いてくれた人全員に昼食をふるまうために、煮染めやおかずを幾種類も作り重箱に詰めておいたのだ。そういった気配りも女主人ならではの大切な役割だった。

朝早くから間壁家の井戸端には、お熊やおミヨといった下女たちと娘の凜、八助やおハツの所から駆り出された女中の姿もあった。

彼らは品の号令一下、洗濯を開始した。

井戸から水を汲む者、桶で着物を洗う者、濯ぎをする者、干し場を行ったり来たりする者など。大勢で騒々しく作業をする中、合間をちょろちょろと小さい成子が走り回っている。

皆の様子を横目で見ながら、干し場で布の皺を伸ばしていた品が、ふと空を見上げると、秋の空が高く澄み渡っていた。

しばし仕事を忘れて見入っていると、空の真ん中に、ぽっかりとお重の顔が浮かんできた。


品様、婆にはまだ力がありますぞ。

その力を存分にお使いなさいませ。


どこからともなく、お重の声が聞こえてきた。

「婆の力か」

品はポツリとつぶやいた。

いつか、私もあんな風になれるのかしら。観音様みたいな婆に。

品がそんなことを考えていると、

「奥様ーッ」

お熊の呼ぶ声がして、我に返った。

「灰汁《あく》が無くなってしまいましたーッ」

「今行きます」

そう返事をすると、品は忙《せわ》しなく駆け出すのだった。

【参考文献】

『女性はどう学んできたか』杉本苑子　著／集英社
『武家に嫁いだ女性の手紙―貧乏旗本の江戸暮らし』妻鹿淳子　著／吉川弘文館
『旗本夫人が見た江戸のたそがれ―井関隆子のエスプリ日記』深沢秋男　著／文藝春秋
『御家人の私生活』高柳金芳　著／雄山閣
『江戸の町奉行』南和男　著／吉川弘文館
『〝きよのさん〟と歩く江戸六百里』金森敦子　著／バジリコ
『江戸衣装図鑑』菊地ひと美　著／東京堂出版
『都風俗化粧伝』佐山半七丸　著、高橋雅夫　校注／平凡社
『江戸で暮らす。―四季の移ろい、人情、喜怒哀楽』丹野顯　著／新人物往来社
『家庭内再婚―夫婦の絆とは何か』近藤裕　著／丸善
『妻と夫の定年塾Ⅱ』西田小夜子　著／中日新聞社
『江戸職人図聚』三谷一馬　著／中央公論新社
『彩色江戸物売図絵』三谷一馬　著／中央公論新社
『江戸商売図絵』三谷一馬　著／中央公論新社
『江戸の下半身事情』永井義男　著／祥伝社
『江戸の性の不祥事』永井義男　著／学研
『春画で見る江戸の性事情』永井義男　著／日本文芸社
『江戸の媚薬術』渡辺信一郎　著／新潮社

『江戸の女の底力』 氏家幹人　著／世界文化社

『小石川御家人物語』 氏家幹人　著／学陽書房

『江戸の植物学』 大場秀章　著／東京大学出版会

『病名別有効な薬草』 林鶴義　著／日本図書刊行会

『身近な薬草活用手帖—100種類の見分け方・採取法・利用法』 指田豊・木原浩　監修／誠文堂新光社

『身近な薬用植物帖—あの薬はこの植物から採れる』 指田豊・木原浩　著／平凡社

『日本の名薬』 山崎光夫　著／文藝春秋

『江戸の女たちの湯浴み—川柳にみる沐浴文化—』 渡辺信一郎　著／新潮社

『江戸のおトイレ』 渡辺信一郎　著／新潮社

『図解 江戸用語早わかり辞典』 河合敦　監修／ナツメ社

『女子のためのお江戸案内—恋とおしゃれと生き方と』 堀江宏樹　著／廣済堂出版

『粧いの文化史—江戸の女たちの流行通信』 ポーラ文化研究所・たばこと塩の博物館　企画・編集／ポーラ文化研究所

『婦人たしなみ草—江戸時代の化粧道具』 村田孝子　編著／ポーラ文化研究所

『江戸三〇〇年の女性美—化粧と髪型』 村田孝子　著／青幻舎

『日本ビジュアル生活史 江戸の料理と食生活』 原田信男　編著／小学館

『江戸の台所—江戸庶民の食風景』 源草社編集部・人文社編集部　企画編集／人文社

『図説 浮世絵に見る江戸の旅』 佐藤要人　監修、藤原千恵子　編／河出書房新社

『広重 東海道五拾三次』 一般社団法人　川崎・砂子の里資料館　監修／東海道かわさき宿交流館

『現代訳 旅行用心集』 八隅蘆菴　著、桜井正信　監訳／八坂書房

『平成版　江戸名所図会』永井伸八朗　著／日貿出版社
『図説江戸２　大名と旗本の暮らし』平井聖　監修／学研
『江戸の女たちのグルメ事情』渡辺信一郎　著／TOTO出版
『江戸の寺社めぐり―鎌倉・江ノ島・お伊勢さん』原　淳一郎　著／吉川弘文館
『絵で旅する五街道　①東海道』秋山浩子　文／汐文社
『図解　江戸の旅は道中を知るとこんなに面白い！』菅野俊輔　編著／青春出版社
『都市・近郊の信仰と遊山・観光―交流と変容』地方史研究協議会　編／雄山閣
『江の島と歌舞伎』中山成彬　著／江ノ電沿線新聞社
『江戸名所　隅田川　絵解き案内』棚橋正博　著／小学館
『日本人なら知っておきたい　江戸の武士の朝から晩まで』歴史の謎を探る会　編／河出書房新社

ほか、ｗｅｂサイトを参照しています。

実業之日本社文庫　最新刊

朝倉かすみ
ぼくとおれ
同じ日に生まれた四十男ふたりが描いた〝人生の地図〟を、昭和から平成へ移りゆく世相と絡め、巧みな筆致で紡ぐ。『平場の月』著者の珠玉作。（解説・大森望）
あ22 1

沖田正午
おれは百歳、あたしも百歳
時は二〇四九年、平均寿命が百歳を超えた日本。百歳の夫婦が百三十六歳の母を介護する、桜田家の笑いと涙の日々を描く超老後小説。これがニッポンの未来？
お6 2

沢里裕二
処女刑事　性活安全課VS世界犯罪連合
札幌と東京に集まる犯罪者たち――。開会式を爆破!? 松重は爆発寸前!!　処女たちの飽くなき闘い。豪華キャストが夢の競演！　真木洋子課長も再び危ない!?
さ3 10

小路幸也
スローバラード　Slow ballad
連鎖する事件に、蘇る絆。30年の歳月は誰を変えたのか。北千住「弓島珈琲」が舞台のほろ苦い青春ミステリー〈ダイ〉シリーズ最新刊！（解説・藤田香織）
し1 4

中得一美
嫁の家出
与力の妻・品の願いは夫婦水入らずの旅。けれど夫は……人生の思秋期を迎えた夫婦の「心と体のすれ違い」と妻の大胆な決断を描く。注目新人の人情時代小説。
な7 1

南　英男
盗聴　強請屋稼業
脱走を企てた女囚が何者かに拉致された！　調査を依頼された強請屋探偵の見城豪は盗聴ハンターの松丸とともに真相を追うが……傑作ハード犯罪サスペンス！
み7 14

吉田雄亮
騙し花　草同心江戸鏡
旗本屋敷に奉公に出て行方がわからなくなった娘たちはどこに消えたのか？　草同心の秋月半九郎が江戸下町の闇に戦いを挑むが……痛快時代人情サスペンス。
よ5 5

実業之日本社文庫 な71

嫁《よめ》の家《いえ》出《で》

2020年2月15日　初版第1刷発行

著　者　中得一美《なかえひとみ》

発行者　岩野裕一
発行所　株式会社実業之日本社
〒107-0062　東京都港区南青山5-4-30
CoSTUME NATIONAL Aoyama Complex 2F
電話［編集］03(6809)0473［販売］03(6809)0495
ホームページ　https://www.j-n.co.jp/
DTP　ラッシュ
印刷所　大日本印刷株式会社
製本所　大日本印刷株式会社

フォーマットデザイン　鈴木正道（Suzuki Design）

ISBN978-4-408-55565-2（第二文芸）